Karl Heinrich Schaible

**Siebenunddreißig Jahre aus dem Leben eines Exilierten**

Karl Heinrich Schaible

**Siebenunddreißig Jahre aus dem Leben eines Exilierten**

ISBN/EAN: 9783743311152

Hergestellt in Europa, USA, Kanada, Australien, Japan

Cover: Foto ©Andreas Hilbeck / pixelio.de

Manufactured and distributed by brebook publishing software
(www.brebook.com)

Karl Heinrich Schaible

**Siebenunddreißig Jahre aus dem Leben eines Exilierten**

# Siebenunddreißig Jahre

aus dem

# Leben eines Exilierten.

―――― ―

Ein flüchtiges Lebensbild

von

## Karl Heinrich Schaible.

Zum

Andenken für deutsche und englische Freunde.

„Heißt den Menschen aus seinen Verhältnissen,
und was er dann ist, nur das ist er.“
(Seume.)

(Privat und für Freunde gedruckt.)

――― ―・―― ―

Stuttgart: in Kommission bei Adolf Bonz & Comp.
London: Aug. Siegle, 30 Lime Street E. C.
1895.

Karl Heinrich Schaibler

Dem

Andenken meines unvergeßlichen Vaters

Dr. Karl Anton Schaible

in

Offenburg.

# Vorwort.

Ich habe viele Jahre auf fremder Erde gelebt. Als ich endlich nach langer Abwesenheit meine Schritte wieder nach der lieben alten Heimat lenkte, um da die letzten Ruhetage nach stürmischer Lebensfahrt zu verbringen, fand ich, daß mein Heimatland und ich uns gegenseitig fremd geworden waren. Das Feld meiner Berufsthätigkeit lag in England und der Kreis meiner bescheidenen Wirksamkeit war meinen Freunden in der Heimat völlig unbekannt, während ihre Lebensbahn in ihrem Vaterlande von Anfang an jedermann bekannt ist. Gar oft ward ich gefragt, was ich die ganze lange Zeit getrieben, warum ich mich von der Ausübung meines Universitätsfaches entfernt und dem Erziehungsfache zugewandt habe. Sehr oft hatte ich auf solche Fragen das zu wiederholen, was ich andern schon wiederholt mitgeteilt hatte. Nicht wenige haben mich aufgefordert, ein Bild meines vergangenen Lebens zu entwerfen. Ich konnte mich aber lange nicht dazu entschließen.

Wenn eine politische oder wissenschaftliche Größe dem Publikum sein Lebensbild bietet, so ist solches eine höchst willkommene Gabe, denn die Entwicklung eines bedeutenden Geistes muß für jedermann von hohem Interesse sein. Wenn hingegen ein bescheidener Arbeiter auf dem Felde der Politik

ober Wissenschaft solches unternimmt, so wird es mit Recht
als Anmaßung, als Größenwahn angesehen.

Ich leide nun nicht an solchem Wahn und wenn ich es
wage, ein flüchtiges Bild meines vielbewegten Lebens zu entwerfen, so geschieht dies einzig und allein auf wiederholte
Aufforderung von Freunden und nur für Freunde,
so bewog mich dazu allein nur der Wunsch, denen, die mir
nahe stehen, guten alten Freunden, ein Andenken zu widmen,
das sie, wenn ich meinen Pilgerstab niedergelegt haben werde,
hie und da an mich erinnern dürfte.

Solche Erwägungen waren es, die mich endlich bewogen,
nach Abschluß meines siebzigsten Lebensjahres, folgende flüchtige,
mit meiner Rückkehr in die alte Heimat abschließende Skizze
zu entwerfen, von meinen Erlebnissen in den vulkanischen
Jahren 1848/49, von meinem Exile, von meinem Kampfe
ums Leben auf fremder Erde und zur Entschuldigung dieses
waghalsigen Unternehmens berufe ich mich auf Goethe, der
da sagt in seinem „Faust“: —

„Greift nur hinein ins volle Menschenleben,
Und wo ihr's packt, da ist's interessant.“

Meine Freunde, besonders die in Deutschland, werden
mein näheres Eingehen in meine Berufsthätigkeit in England, in die Angabe meiner Stellungen daselbst, meiner litterarischen Thätigkeit gewiß nicht falsch auslegen, nicht als
Selbstüberhebung ansehen. Solche Detailberichte sollten eben
meinen Freunden ein klares Bild meines Lebens und Strebens
bieten und gehören daher wohl zu einem Lebensabriß. Es ist
ein heilliches Unternehmen für einen Sterblichen, ein Bild seiner
Wirksamkeit zu bieten. Er ist es sich selbst, der Wahrheit

schuldig, sein Leben und Streben ins rechte Licht zu setzen, doch muß er sich dabei von Überschätzung, von Selbstlob fernhalten. Ich hoffe, in folgender Skizze den richtigen Pfad eingehalten zu haben.

Es war mir nicht leicht, eine flüchtige Lebensskizze in kurzer knapper Form zu schreiben. Einem jeden, der die Ereignisse von 1848/49 in Deutschland und die ersten 50er Jahre in Paris miterlebt hat, dürfte wohl interessanter Stoff in Fülle zur Verfügung stehen. Ich durfte mich aber nicht in eine Geschichte der Bewegungen von 1848/49 einlassen, sondern mußte mich auf meine eigene persönliche Lebensgeschichte beschränken. Und solches war mir gerade keine leichte Sache. Teils Rücksichten auf die Kosten des Druckes, besonders aber auf die Geduld meiner lesenden Freunde, bestimmten mich, gewisse Grenzen einzuhalten, manches Interessante auszulassen. Ich habe in der Skizze eine einfache, ungezierte, anspruchslose und objektive Erzählungsform befolgt und mich von politischem Parteistandpunkte fern zu halten gesucht.

Sollte mir noch eine Spanne Zeit vergönnt sein, so hoffe ich später einmal Erinnerungen an meine Studentenjahre, an die deutsche Revolutionszeit und den Staatsstreich in Paris, an das Leben und Treiben der Flüchtlinge verschiedener Nationen in London und meine persönlichen Beziehungen zu vielen derselben und an meine persönlichen Erlebnisse in dem modernen Babylon an der Themse eingehender behandeln zu können.

Offenburg, i. Baden, 7. April 1895.

Karl Heinrich Schaible.

# Einleitende Gedankenſpäne.

„Ohne politiſche Träume ſtürbe jeder Staatskörper, wie (nach Kant) jeder andre ohne andre. Wer nichts will als Gegenwart, wäre gewiß nicht ihr Schöpfer geworden.“ (Jean Paul Richter.)

❋

„Alles Gute im Leben muß langſam und im Kampfe erwachſen, bis es aus einem ſtreitenden Prinzip zum Geſetz des Rechten ſich entwickelt hat.“     (Karola Blacker, Innenſchau und Ausblick.)

❋

„Aber was ſiegt denn am Ende? Die Idee . . . . . Weil eine Idee anfangs nicht mit Platzregen die Welträber treibt, ſo glaubt ihr nicht, daß ſie es mit dem Zufluſſe der Zeit thue.“
(Jean Paul Richter.)

❋

„In dieſer Zeit kann nur erſt recht geerntet werden, wenn wir das Ackern nicht für das Säen halten, oder unſer überwundenes Leiden für abgeſchloſſenes Handeln. Wir ſind erſt der bittern Ver= gangenheit los aber der fruchttragenden, ſüßreifen Zukunft noch nicht Herr.“     (Jean Paul Richter.)

❋

„Glaubſt du, es gäbe keinen kleinern Freifelſen und Freiſtaat als St. Marino in Welſchland? Es giebt einen Freiſtaat, der in einer Bruſt Raum hat — oder haſt du kein Herz?“
(Jean Paul Richter.)

❋

„Und doch iſt gewiß, daß alles Große, was noch auf der Kleinig= keitserde gethan worden, nur aus dem begeiſternden Glauben an eine Erhebung desſelben entſtanden iſt.“ (Jean Paul Richter.)

❋

„Ernste Thätigkeit söhnt zuletzt immer mit dem Leben aus."

(Jean Paul Richter.)

✻

„Wissen allein ist nicht das Ziel, die Bestimmung des Menschen. Wir lernen nicht nur, um zu wissen. Die Handlung, die Wirksamkeit allein bieten dem Menschen einen würdigen Zweck des Lebens."

(Helmholtz.)

✻

„Vergiß nicht, im Unglück standhaften Sinn zu bewahren."

(Horaz.)

✻

„Was
Ist der Zufall anders, als der rohe Stein,
Der Leben annimmt aus des Bildners Hand!
Den Zufall giebt die Vorsehung — zum Zwecke
Muß ihn der Mensch gestalten."          (Schiller.)

✻

„Nur in dem Augenblicke, wenn das Schiff scheitert, sieht man, wer schwimmen kann. Und selbst gute Schwimmer gehen unter solchen Umständen oft unter."          (Sprichwort.)

✻

„Ein kleines Leiden setzt uns außer uns, ein großes in uns; eine Glocke mit einem kleinen Risse tönt dumpf, wird er weiter gerissen, so kehrt der helle Klang zurück." (Jean Paul Richter.)

✻

„Hilf dir selber, so hilft dir das Glück." „Willst du stark sein, so überwinde dich selbst." „Man kann alles, was man will, wenn man will, was man soll."          (Sprichwörter.)

✻

„Im Grunde ist mein Leben nichts als Mühe und Arbeit ge= wesen, und ich kann wohl sagen, daß ich in meinen fünfundsiebzig Jahren keine vier Wochen eigentliches Behagen gehabt. Es war das ewige Wälzen eines Steins, der immer von neuem gehoben sein wollte."          (Goethe. Aus meinem Leben.)

✻

# Inhaltsverzeichnis.

—

XIV

# I.

## Kindheit. — Gymnasium. — Universitätsstudium. — Gefängnis. — Das Jahr 1848.

Mein waghalsiges Unternehmen, eine Skizze meines Lebens zu entwerfen, erinnert mich an meine Gymnasialzeit in Offenburg. Unser tüchtiger Professor Weißgerber, dem ich eine dankbare Erinnerung bewahre, gab einmal den Schülern meiner Klasse als Aufsatz auf, ihre eigene Biographie zu verfassen. Der witzige, zum Spaß aufgelegte Mann wollte sich wohl Stoff zum Lachen verschaffen. War solches sein Wunsch, so ward er reichlich erfüllt. Einer von uns begann seinen Aufsatz mit den Worten: „So wie die Geburt Alexanders des Großen durch ein großes Ereignis, durch den Brand des Tempels der Artemis in Ephesus, angekündigt wurde, so auch die meine. Als ich nämlich das Licht der Welt in meiner Vaterstadt Ettlingen erblickte, sprang der dortige Pulverturm in die Luft.“ Ein anderer schrieb: „Schon meine Geburt war etwas ganz Außerordentliches. Ich ward nämlich an einem Schalttage geboren.“ Wieder ein anderer begann feierlich mit den Worten: „Als der Hammer 12 Uhr nachts brummte, da trat ich in die Welt,“ und ein stets glücklich und zufrieden aussehender, liebenswürdiger Zwilling sagte: „Ich war so glücklich, nicht ganz allein die weite Reise in

Schaible, Siebenunddreißig Jahre.                                    1 diese Welt anzutreten. Ich kam nämlich Arm in Arm mit einem lieben Schwesterchen hienieden an." Unser Professor pflegte die Aufsätze seiner Schüler in der Klasse vorzulesen, und obige Einleitungen blieben mir daher eine heitere Erinnerung.

Ich hätte nun meine damalige Biographie ebenfalls mit zwei Geburtsereignissen einleiten können. Ich erwähnte sie aber nicht und will nur, nachdem 70 Jahre über meinem Haupte dahingegangen, das damals Versäumte nachholen, und was ich meinem Lehrer verschwieg, meinem gütigen Leser mitteilen, aber beileibe nicht als die Ankündigung der Geburt eines großen Mannes, sondern eher als eine Vorbedeutung eines spätern, abenteuerlichen, stürmischen Lebens.

Als ich nämlich am 7. April 1824 als kleiner Weltbürger auf die Lebensbühne trat, war die ganze Vorstadt von Offenburg, nebst Umgegend, von der wütend gewordenen Kinzig überschwemmt und in dem Moment meiner Ankunft tanzte der zur Zeit berühmte Seiltänzer Knie auf dem hohen Seile, fast vor dem Hause meiner Geburt, machte einen verwegenen Luftsprung, verfehlte das Seil, fing es im Falle noch mit seinen Füßen auf, schwang sich wieder hinauf und rettete so sein Genicke. An die Überschwemmung und den Luftsprung habe ich in späteren Jahren hie und da gedacht.

Meine Kindheit war eine überaus glückliche. Ich erfreute mich des Glückes und Segens, das Kind vortrefflicher Eltern zu sein, eines edlen Vaters, von Stadt und Land nicht nur als tüchtiger Arzt sondern auch wegen seiner Pflichttreue, Herzensgüte und Aufopferungsfähigkeit verehrt, der in mir auf gütigem Wege besonders auf meine Charakterbildung sah, — einer liebevollen Mutter, die die Herzensbildung ihrer Kinder stets im Auge hatte, und die ich heute noch, nachdem sie schon seit 50 Jahren aus diesem Leben geschieden, als eine Heilige, als einen Engel verehre.

Ich besuchte mit dem zehnten Jahre das Gymnasium in Offenburg. Ein Gymnasium hatte damals in Baden sechs Jahresklassen und ein Lyceum acht. Erst nach Vollendung der acht Klassen wurde die sog. Maturitätsprüfung abgenommen und so das Thor zum Fachstudium eröffnet. Nach Vollendung meiner Studien in Offenburg begab ich mich auf zwei Jahre nach Rastatt ins Lyceum. In Rastatt genoß ich u. a. den trefflichen, anregenden Unterricht des Professors der Philosophie und Geschichte Dr. Joseph Beck, dem ich zeitlebens dankbar sein werde. Im Spätjahr 1842/43 ward ich in Freiburg als Student der Medizin immatrikuliert, und im Herbst 1844/45 besuchte ich als Mediziner Heidelberg.

Während ich in Heidelberg studierte, ward ich eilends ans Krankenbett meiner schon längere Zeit schwer leidenden Mutter gerufen. Ich eilte nach Hause und kam zu meinem unsäglichen Schmerze zu spät an. Es gab damals noch keine Eisenbahn von Karlsruhe nach Offenburg. So ward mir das traurige Los beschieden, daß ich meiner guten Mutter, wie später dem guten Vater, keinen Scheidekuß geben durfte, keinen Scheidesegen von ihnen empfangen konnte, da ich doch mit Leib und Seele an meinen Eltern hing.

Von meinem Leben und Treiben auf den Universitäten Freiburg und Heidelberg gestattet mir der Raum dieser Skizze nicht zu sprechen, obwohl ich manches Interessante und Amüsante zu berichten hätte. Ich will hier nur erwähnen, daß ich kein sog. Leimsieder, sondern ein zwar arbeitsamer aber auch lustiger Student und Korpsbursche, sogar Consenior der Freiburger Suevia und auch auf der Mensur kein verächtlicher Gegner gewesen bin.

Im April 1847 verließ ich meine Alma Mater Heidelberg, wo ich in letzter Zeit noch als provisorischer Assistent des berühmten Geburtshelfers Professor Nägele gedient hatte,

als Medicinae Candidatus, um mich nach meiner Vaterstadt Offenburg zu begeben, wo ich mich auf das demnäch-
stige medizinische Staatsexamen vorzubereiten hatte. Das
medizinische Staatsexamen fand damals nicht, wie heute, an
der Universität, sondern, wie noch das juristische und kame-
ralistische, in der Residenzstadt Karlsruhe statt.

Es herrschte damals in Baden überhaupt, besonders aber
unter den Studenten der Universität Heidelberg, ein reges
politisches Leben. Eine Anzahl neuer Studentenverbindungen
entstanden mit mehr oder weniger politischen Tendenzen. Ein
aus 400 Mitgliedern, darunter eine Zahl Professoren, be-
stehender Turnverein schwärmte für deutsche Einheit und Freiheit und man that schon Schritte, einen in Kreise geteilten
allgemeinen deutschen Turnerbund zu gründen, in dem Waffen-
übungen eingeführt werden sollten. Flugschriften aller Arten,
darunter die radikalen von Karl Heinzen, zirkulierten in Masse.
Die unter dem Regime des Metternichschen Bundestages han-
delnde damals reaktionäre badische Regierung beobachtete das
Treiben mit wachsamem Auge. Es war die Zeit, wo die
Preßcensur herrschte, das geheime Gerichtsverfahren noch bestand. Die politische Aufregung ward noch gesteigert durch
die Reden im liberalen badischen Landtage von Männern wie
Itzstein, Hecker, Bassermann u. a.

Ich trieb, wie alle andern, neben dem Fachstudium auch
noch Politik, war Korrespondent freisinniger Blätter, wie die
Mannheimer Abendzeitung, ferner Strubes Zuschauer und
die Konstanzer Seeblätter von Fidler. Als ein sehr eifriger
Turner, ein Preisturner des großen Heilbronner deutsch-
nationalen Turnfestes 1846, als eifriger Politiker hatte ich,
wie viele andere, die Augen der Polizei auf mich gezogen.
Ich verteilte, was andere auch thaten, Flugschriften, u. a.
Heinzensche, ja ich wagte es, solche unter Couvert per Post

zu versenden. Im Cabinet noir der Post aber öffnete man meine Sendungen und Briefe und auf der Heimreise, nicht in Heidelberg, wo man sich wohl vor den Turnern fürchtete, verhaftete mich die Polizei in Rastatt, wo ich einen Freund besuchte und führte mich als Staatsverbrecher in das Gefängnis ab.

Wenn man heutzutage die sozialdemokratischen Preßartikel liest und Reden hört, an deren Bestrafung man sich selten wagt und die man, wenn der Staatsanwalt den Mut hat vorzugehen, mit leichter Gefängnisstrafe, nie Zuchthausstrafe belegt, wenn man an die lächerliche, fast komfortable Bestrafung des Anarchisten Most denkt, den man im Gefängnis mit angenehmer Lektüre versah, so kann die jüngere Generation heute kaum begreifen, wie damals jugendliche Begeisterung für deutsche Einheit zum Staatsverbrechen gestempelt werden konnte, das mit Zuchthaus bestraft wurde.

In Rastatt hielt man mich neun lange Monate, während des schönen Sommers 1847, hinter Schloß und Riegel, in einer engen, dunkeln Zelle, in der sich nicht lange vorher ein Gefangener aus Verzweiflung erhängt hatte. Durch das kleine Licht- und Luftloch nahe an der Decke drangen mephitische Dünste in die Zelle, denn unmittelbar unterhalb lagen die kaum verdeckten Abtrittsgruben des Gefängnisses. Wie man mir offen erklärte, steckte man mich in die schlechteste Zelle des Gebäudes mit der Absicht, mich „weich zu machen", mich zum Geständnis, zur Angabe von Verschwornen zu zwingen, denn man witterte eine Verschwörung. „Wenn ich gestände", — sagte man mir — „erhielte ich ein schönes Zimmer und bald die Freiheit." Da ich nun aber nicht gestand, so verschärfte man meine Haft. Das war, in den Augen der Beamten, keine Tortur.

Das ganze Untersuchungsverfahren, das sog. Verhör,

war geheim, von einem Beamten geführt, wobei ein Schreiber meine Antworten niederschrieb. Damals war die Justiz noch nicht getrennt von der Verwaltung, und die Untersuchungsbeamten gehörten auch der Verwaltung an. Das Hofgericht und Oberhofgericht basierten lediglich ihre Urteile auf die Berichte des Untersuchungsbeamten, wußten und sahen nichts vom Angeklagten. Meine Verhöre währten viele Wochen, und jedes dauerte viele Stunden. Der Untersuchungsbeamte stellte mir eine Anzahl vorher niedergeschriebener Fragen, darauf berechnet mich zu verwickeln, irre zu leiten. Ein solches Verhör war im höchsten Grade erschöpfend. Am Schlusse las mir der Aktuar jedesmal meine Antworten noch einmal vor.

So verstrichen neun lange Monate, und nach und nach ward die Gesundheit meines sonst so kräftigen Turnerkörpers untergraben. Meine Leber vergrößerte sich, es stellte sich eine eiternde, eine sog. granulöse Augenentzündung ein infolge der Abtrittsluft, Leiden, die mir jahrelang nachgingen und bis heute nicht gänzlich verschwunden sind. Der Gefängnisarzt, Medizinalrat Harsch, ein teilnehmender Mann, begann für meine Gesundheit ernste Sorgen zu hegen und verfaßte einen energischen Bericht an das Oberamt. Infolge seines Berichtes beschloß man mir zu erlauben, provisorisch mein väterliches Haus in Offenburg zu beziehen gegen Handgelübde mich auf jede Vorladung zu stellen und gegen eine Kaution von 4000 fl. von seiten meines Vaters. So kehrte ich gebrochen, nicht an Geist aber am Körper, unter mein väterliches Dach zurück.

Es war dies im November 1847. Inzwischen waren die Akten meiner Untersuchung, deren Inhalt mir völlig unbekannt sein mußte, an das Hofgericht abgegangen. Im Januar 1848, als ich infolge der mir in meiner Haft zugezogenen Leiden krank im Bette lag, erschien ein Beamter des Oberamts Offenburg vor meinem Bette und las mir das Urteil des Hofgerichts vor. Das Gericht verurteilte mich zu einem Jahr Arbeitshaus wegen „entfernten Versuchs von Hochverrat." Eine Verwandlung einer Arbeitshaus- und Zuchthausstrafe in Festungsstrafe war damals ein Gnadenakt des Großherzogs, um den man bitten mußte. Später fanden solche Verwandlungen nicht mehr statt, und die politischen Verbrecher lebten gemeinschaftlich mit den gemeinen Verbrechern im Zuchthause. Der Beamte riet mir, gegen mein Urteil an die Gnade des Großherzogs zu appellieren. Ich hingegen sprang aufgeregt im Bette auf und rief: „Ich appelliere an das Oberhofgericht."

Die deutschen Dynastien waren in den 40ger Jahren nicht deutsch. Schwärmen für deutsche Einheit war in ihren Augen Hochverrat. Daher die Verfolgungen der Burschenschaften, der Jahnschen Turnerei.

Wenige Wochen vergingen nach Verkündigung meines Urteils; als die Februar-Revolution in Paris ausbrach. Bald war die Heimat durch die Kunde der Revolution aufs tiefste aufgeregt. Es würde mich in dieser Skizze zu weit führen, über diese Tage, die der Geschichte angehören, zu berichten. Ich muß mich daher ganz auf meine Person beschränken. Infolge der Gärung im Land fand es die badische Regierung für ratsam, im März eine allgemeine Amnestie für politische Vergehen zu verkünden. So ward ich wieder frei. Aber an den Folgen der Haft hatte ich noch lange zu leiden.

Eine Beschreibung der Bewegung in Baden im Jahre 1848 gehört, wie gesagt, nicht in den Rahmen dieser Skizze. Ich will indes hier eine persönliche Erinnerung an die berühmten Märztage anführen. Beim Besuch einer Volksversammlung in Achern im März d. J. ließ sich mir eine auffallende große Gestalt vorstellen, mit schwarzem Barte, hohen Backenknochen, einer fremden Rassenphysiognomie. Es war dies der rätselhafte Russe Michail Bakunin, der später wieder in dem sächsischen Aufstand auftauchte und großen Einfluß ausübte. Wir unterhielten uns eine Zeit lang, und ehe er sich von uns trennte, notierte er meinen Namen mit Adresse in seinem Notizbuche. Ich habe mir später oft gesagt, wie kam Bakunin in das Städtchen Achern, was wollte er in Baden? Was überhaupt in Deutschland? Es gab damals noch keine Anarchisten, und er selbst hat sich viel später in einen solchen entwickelt.

Die französische Februar-Revolution hat in Deutschland, insbesondere in Baden, eine Überstürzung verursacht. Ohne dieses Ereignis hätte sich damals eine ruhige, aber mit der Zeit gewaltige einheitliche politische Bewegung in ganz Deutschland vorbereitet. Die Februar-Revolution fand Deutschland unvorbereitet. Daher die einzelnen Bewegungen in einzelnen Staaten zu verschiedenen Zeiten, ohne gemeinschaftlichen Plan, ohne einheitliches Zusammenwirken. Daher war es leicht, sie einzeln zu unterdrücken. Die Bewegungen an den Universitäten waren noch zu neu, noch planlos, verfolgten kein bestimmtes Ziel. Der Plan eines allgemeinen deutschen Turnerbundes stand erst noch auf dem Papier. Im Februar 1848 versammelten sich durch meine Vermittlung Delegierte einer Anzahl oberrheinischer Turnvereine in Offenburg, um damit einen Anfang zu machen. Sie wurden am Offenburger Bahnhofe empfangen und schwarz-rot-goldne Kokarden an ihre Hüte gesteckt. Man beriet im Zähringerhofe über die baldige Organisation eines oberrheinischen Turnbundes im Anschluß an einen zu gründenden gesamtdeutschen Turnerbund. Über die Frage der Bewaffnung der Turnvereine, die besprochen wurde, wurden noch keine endgültigen Beschlüsse gefaßt, und es ward beschlossen, dieselbe vorerst den einzelnen Turnvereinen vorzulegen und bei einer demnächstigen Verfammlung darüber zu beschließen. Trotz des mir in Aussicht gestellten Arbeitshauses beteiligte ich mich an den Beratungen, nur lehnte ich den mir angebotenen Vorsitz ab, den auf meinen Vorschlag der Offenburger Turner und Bürger Rainole einnahm. Man verabschiedete sich, um in einigen Wochen wieder in Offenburg zusammenzutreffen und zur Organisation des Turnbundes zu schreiten. Da brach etwa 14 Tage nach dieser ersten Versammlung die Februar-Revolution in Paris aus. Die Delegierten der Turnvereine fanden sich zwar bald darauf noch einmal in Offenburg ein, aber bei der allgemeinen Aufregung und Gärung in Deutschland kam es zu keinem Beschlusse, zu keiner Organisation eines oberrheinischen Turnbundes. Man schied auf Nimmerwiedersehen. Ich habe Vorhergehendes etwas eingehender behandelt, um zu zeigen, wie auch ohne die französische Februar-Revolution in Deutschland eine Bewegung sich vorbereitet hätte und wie erstere derselben geschadet, zur Überstürzung beigetragen hat.

Daß ich durch meine schlechte Behandlung in der Haft in höchst gereiztem Zustande war, wird man wohl sich denken können und daher den enthusiastischen jungen Mann wegen seines baldigen Rückfalls mit milderen Augen betrachten. Als im April 1848 Hecker seinen Aufstand im badischen Oberlande organisierte, sandte er zu uns in Offenburg Emissäre, um uns zu veranlassen, eine revolutionäre Bewegung zu veranstalten, zum Zwecke ihm Luft zu verschaffen und die Truppen, die gegen ihn gesandt wurden, zurückzuhalten. Es war dies ein sehr gefährliches Verlangen. Zugleich besuchten uns in Offenburg Emissäre von Herweghs Legion, damals in Straßburg, die uns in der Nacht ihre Mitwirkung und ihren Zuzug über den Rhein versprachen, aber ihr Versprechen nicht hielten. Ich gestehe, daß zwei der Emissäre einen sehr ver-

dächtigen Eindruck auf mich machten. So proklamierte die
hitzige Offenburger Jugend gegen den Rat des trefflichen freisinnigen aber besonnenen Bürgermeisters Rée, den Aufstand
der alten freien Reichsstadt gegen Baden. Man bewaffnete
sich, errichtete Barrikaden, sandte Vorposten aus, bei denen
ich mich auch befand. Aber gegen die heranziehenden hessischen
Truppen — die badischen waren gegen Hecker gezogen —
gegen ihre Artillerie war nicht die geringste Aussicht. Die
ruhigeren Bürger räumten die Barrikaden weg, die Truppen
zogen in die Stadt, und die jungen enthusiastischen Führer
flohen entweder oder wurden vom Feinde verhaftet. Ich floh
nach Kehl, kam glücklich über die Rheinbrücke in Straßburg
an, ein rückfälliger Hochverräter, dabei aber doch ein höchst
unschuldiges Wesen.

# II.

## Erstes Exil in Straßburg 1848/49.

Die Flüchtlinge. — Ein abenteuerlicher Besuch der verbotenen Heimat. — Ein Bad im Rhein. — Eine Flucht in Adams Kostüm. — Ein Flüchtling als Dame.

In die Einzelheiten meines Lebens im ersten Exile und des der zahlreichen Flüchtlinge in Straßburg kann ich hier nicht näher eingehen. Das erste Exil, trotz unserer aller Hoffnung auf baldige Heimkehr, war mir sehr schmerzlich, besonders da die Nähe meiner Vaterstadt täglich das drückende Gefühl meiner Verbannung wach erhielt. Ich sah von den Wällen von Straßburg die Berge und die Bergwege, auf denen ich so oft in fröhlicher Stimmung umhergestreift. Auf der sog. Plattform des Münsters, das ich sehr oft bestieg, sah ich Offenburg nahe und klar vor mir liegen, dachte ich an die Lieben, an den guten Vater, die darin weilten, und an den Kummer, den mein politischer Enthusiasmus letzterem bereitet hat. Ja ich sah selbst einmal mit einem guten Fernrohr einen Onkel, den spätern Stadtdirektor und Bundeszivilkommissär in Rastatt, Ludwig Schaible, von einem Fenster seiner Wohnung nach der Rheinebene, in der Richtung von Straßburg blicken, dessen Münster, auf dem ich gerade weilte, von dort sehr gut zu sehen war. Es kam mir vor, als ob er mich sähe und mich grüßte.

In Straßburg besuchte ich fleißig die Kliniken des großen Straßburger Hospitales und später einmal, auf einige Zeit, das Hospital von Metz. In beiden Anstalten war mein Vater ehemals Assistenzarzt gewesen. So huldigte ich damals schon der Lebensregel, daß es besser wäre, durch Arbeit als durch Rost abgenutzt zu werden.

Es dürfte indes meine freundlichen Leser doch interessieren, hier an dieser Stelle noch ein Weniges vom Leben und Treiben der Flüchtlinge in Straßburg zu erfahren und von drei Vorfällen zu hören, die mich persönlich betrafen und die mir noch frisch in der Erinnerung sind, obgleich inzwischen beinahe ein halbes Jahrhundert vergangen ist.

Die im Jahre 1848, nach dem Hedereinfalle im badischen Oberlande in Straßburg lebenden badischen Flüchtlinge wohnten daselbst ungehindert, von den Elsässern herzlich aufgenommen und behandelt. Die Stimmung im Elsaß nach der Februar-Revolution war eine gehobene und Deutschen gegenüber äußerst sympathisch. Die Begeisterung schwand erst nach der Wahl Napoleons zum Präsidenten im Dezember 1848, und damit änderte sich auch allmählich die Behandlung der deutschen Flüchtlinge, bis sie im Jahre 1849 in Verfolgung endete.

Die Flüchtlinge in Straßburg waren damals voller Hoffnung auf baldige Heimkehr. Alle erwarteten eine baldige Erhebung in Deutschland. Damals fehlte es den meisten auch noch nicht an Subsistenzmitteln und für die Unbemittelten wurde gesorgt. Es bestand unter den Flüchtlingen ein Hilfsverein, dessen Zweck die Unterstützung der ärmeren Exilierten war. Der Verein erhielt erhebliche Geldsummen zu diesem Zwecke aus dem Lande Baden, besonders aus Mannheim. Ja selbst gute Kleider, Unterkleider und Kleiderstoffe wurden an ihn gesandt, so daß einige flüchtige Schneider vollauf zu thun hatten, von den gesandten Stoffen für die

ärmeren Flüchtlinge Röcke und Hosen zu machen. Das Hauptquartier der Flüchtlinge war das Wirtshaus zum „Roten
Männel" bei der Rabenbrücke, wo es stets den ganzen Tag
über sehr lebhaft herging und die Versammlungen und Be-
sprechungen abgehalten wurden.

Unter den Flüchtlingen gab es hie und da einen, der
gerne seine Rückkehr beschleunigt hätte und oft abenteuerliche
Pläne aushecke, die zu nichts führen konnten. Es gab unter
ihnen aber auch solche, die Vorbereitungen zu einer künftigen
Erhebung in allem Ernste trafen. Von jeder Art persön-
licher Unternehmungen war ich ein prinzipieller Gegner, da
ich nur von einer allgemeinen, alle Klassen durchdringenden
Bewegung Erfolg erwartete. Der Versuch eines Mannes wie
Hecker diente mir dabei als belehrendes Beispiel.

Von solchen Organisatoren lokaler Verschwörungen lernte
ich in Straßburg einen näher kennen. Er war am Kaiserstuhle bei Freiburg zu Hause, hatte früher in der französischen
Fremdenlegion, wie auch in Spanien in den dreißiger Jahren
aktiven Felddienst mitgemacht, war ein mit Organisations-
talent höchst begabter Mann, zugleich mit eminenten mecha-
nischen Talenten ausgerüstet. Dieser Flüchtling hatte in den
Städtchen und Dörfern des Kaiserstuhls eine Anzahl der
jungen Leute in ein Korps gesammelt und organisiert mit
verschiedenen Waffengattungen, die heimlich nachts exerzierten
und manövrierten. Er hatte selbst einige Batterien Artillerie
mit nach seiner Vorschrift verfertigten Holzkanonen gebildet,
die innen mit Schußröhren von dickem Eisenblech versehen
und von außen wasserdicht gemacht waren. Als Ladung ließ
er Patronen mit großen Bleikugeln und Eisenstücken herstellen.
Er hatte sogar einmal es gewagt, mit seiner kleinen Armee
probeweise bis in die Nähe von Freiburg, wo eine Garnison
lag, zu marschieren, ohne entdeckt zu werden. Er hielt eine

sehr strenge Disziplin und begab sich einmal von Straßburg an den Kaiserstuhl, um einen ihm als Verräter angezeigten jungen Mann in seiner Mannschaft selbst zu bestrafen. Er beabsichtigte, ihn mit eigener Hand zu erschießen. Zum Glück für beide stellte sich aber die Unschuld des ihm denunzierten jungen Mannes noch rechtzeitig heraus.

Der Organisator dieser Kaiserstuhlverschwörung lud mich einmal ein, mit ihm von Straßburg aus die Gegend seiner revolutionären Thätigkeit zu besuchen. Obwohl ich an seiner Verschwörung nicht beteiligt war, ja sie selbst mißbilligte, so trieb mich dennoch die Neugier, seine Einladung anzunehmen. Es war dies sehr unüberlegt von mir, und die Neugier hätte mir teuer zu stehen kommen können. Jugendlicher Übermut siegte aber über meine Bedenken.

Wir reisten auf der elsässischen Bahn bis nach Marlols-heim und gingen von da zu Fuß nach dem Ufer des Rheins, wo uns ein Kahn erwartete, mit dem wir in der Dunkelheit nach dem badischen Rheinufer ruderten. Der Mann, der uns ruderte, ein Mitverschworener meines Führers, war ein gewandter badischer Pferdeschmuggler. Es wurden damals, gegen das Verbot der badischen Regierung, viele Pferde aus und über Baden nach dem Elsasse für die französische Armee geschmuggelt. Das Pferdeschmuggeln war damals ganz in den Händen elsässischer Juden, und wir beide wurden in unsern französischen Blousen für Pferdejuden gehalten. Die geschmuggelten Pferde wurden hinten am Kahne ange-bunden und schwammen hinter demselben über den Rhein.

Als vermeintliche Schmuggler hatten wir die am badi-schen Ufer wachenden Zollwächter zu vermeiden. Die Schmugg-ler kannten genau die Standplätze und die Gänge derselben bei Tag und bei Nacht. Unser Schiffer landete uns daher auf einer, vom badischen Ufer durch einen schmalen Arm des

Rheins getrennten Insel, Hasenkopf genannt, von der, um Entdeckung zu vermeiden, kein Kahn hinüberfuhr. Ein geübter Schwimmer, wie er war, erbot sich uns nun unser Schmuggler, mit dem einen nach dem andern auf seinem Rücken den Rheinarm zu durchschwimmen und er brachte uns so glücklich mit durchnäßten Beinen nach dem badischen Ufer hinüber. Er war ein sehr verwegener Bursche, der, nebenbei gesagt, noch einen künstlichen Anus hatte, den ihm mein Professor Stromeyer in Freiburg angelegt hatte. Er trug eine Blechbüchse am Unterleibe, in die sich der weiche und lustige Inhalt seiner Gedärme mit Geräusch entleerte.

Nach unserer Landung kamen wir zuerst nach Saspach, von da nach Endingen und dann nach verschiedenen Ortschaften am Kaiserstuhl, wo mein Führer überall Zusammenkünfte und Beratungen mit Mitgliedern seiner Verschwörung hatte. Vor dem nicht eingeweihten Publikum galten wir überall als Pferdejuden. Einige Gendarmen, denen wir begegneten, prüften uns in unsern elsässischen Blousen mit scharfem Blicke. Aber als sie hörten, wir wären elsässische Pferdejuden, so ließen sie uns unbelästigt. Es war zudem nicht ihre spezielle Pflicht, uns als Schmuggler zu überwachen. Es war dies die Aufgabe der Zollwächter.

Als wir von Endingen über Bahlingen gegen Eichstetten wanderten, wurden wir von einem politischen Feinde meines Führers gesehen. Infolgedessen mußten wir uns einige Stunden lang in einem Kornfelde verbergen, bis es dunkel wurde und wir uns nach Eichstetten begeben konnten. Hier fanden wir sehr gute Aufnahme. Nachdem mein Führer seine Beratungen mit seinen untergebenen Mitverschworenen geschlossen, begaben wir uns vor Tagesanbruch wieder nach Saspach und von da an den Rhein, und derselbe Ruderer, der uns herübergebracht und uns diesmal in einem Kahn und nicht auf dem Rücken nach dem Hasenkopf brachte, ruderte uns wieder nach dem Ufer des Elsasses zurück — aber ohne Pferde.

Ich gestehe, ich war froh, als ich wieder auf elsässer Boden stand und die liebe Heimat hinter mir sah. Ich habe seit dieser Zeit ein gewisses kollegialisches Gefühl Pferdejuden gegenüber, und in meinen alten Tagen, nach meiner Heim- kehr, hat mich ein antisemitisches Leipziger Blatt, infolge meiner judenfreundlichen Schrift über die Juden in Eng- land, zu einem Nachkommen Vater Abrahams erklärt, obschon ich einer alten alemannischen Familie der alten freien Reichs- stadt Offenburg entstamme.

Die Verschwörung am Kaiserstuhle hatte übrigens keine weiteren Folgen und es ist nie etwas davon ans Tageslicht gekommen. Sie blieb, soviel ich weiß, vereinzelt. Verein- zelte Unternehmungen derart hatten aber damals keine Aus- sicht auf Erfolg. Als die Bewegung von 1849 begann, nahm dieselbe sofort eine andere Gestalt, solche Dimensionen an, daß niemand mehr an die Holzkanonen am Kaiserstuhl dachte und diese, anstatt auf Feinde zu feuern, wohl zu einer friedlicheren Art von Feuern verwandt worden sind.

Der zweite Vorfall, den ich hier anführen will, verdient vielleicht insofern in meiner biographischen Skizze einen Platz, da nur der glückliche Ausgang desselben mich in den Stand setzte, dieselbe zu entwerfen.

Nachdem ich mich unter Leitung meines Exilgenossen Roman von Schweizer in dem Flusse Ill als tüchtiger Schwimmer ausgebildet, wagte ich es, mich einer kleinen Ge- sellschaft von Schwimmern anzuschließen, die fast täglich im Rheine sich tummelte. Es befanden sich damals auf der Elsaßseite zwei Sandbänke, zwischen denen eine rasche Strö- mung vom Ufer her sich mit dem Thalweg des Rheines vereinigte. Die Hauptströmung des Rheines ist bei Kehl sehr stark, da dort der Strom einen Fall von 30—40 Fuß haben soll. Infolge des Zusammenfließens beider Strömungen entstand ein starker Wirbel. Dies wußten meine Kameraden und sie vermieden ihn, indem sie in einer gewissen Entfernung davon mehr nach rechts schwammen. Sie vergaßen aber, mich darauf aufmerksam zu machen, als ich zum erstenmale mich ihnen anschloß. Sie sprangen einige Minuten vor mir in die Flut, ich folgte in einer gewissen Entfernung nach. Aber anstatt bei Annäherung des Wirbels nach rechts zu schwimmen, schwamm ich gerade vorwärts, mitten in den Wirbel hinein. Ich ward hinabgezogen, stieg wieder auf, dann zog es mich wieder hinab, wohl ein Dutzendmal. Eigentümlich war, daß, obwohl ich mit dem Kopfe voran in den Wirbel geriet, ich nicht kopfüber hinabgezogen ward, sondern an den Füßen. Es war, als ob mich jemand an den Füßen packte und hinabzöge. Ich kann dies nur einer Gegenströmung nahe an der Oberfläche des Wassers zuschreiben, da die Schenkel beim Schwimmen stets tiefer im Wasser sind als die Schultern. Ich war nachträglich erstaunt über meine äußerste Ruhe in der gefährlichen Lage. Ich hätte sie mir nie zugetraut. Ich war gar nicht aufgeregt und dachte sofort an die Schwimmregel, in solchem Falle keinerlei Anstrengungen zu machen, beim Sinken nie zu atmen und nur bei Ankunft auf der Oberfläche sich Atem zu holen, sich einfach flözen zu lassen, wie ein Stück Holz und sich möglichst oben zu halten suchen. Meine Geistesgegenwart rettete mich. Ich gab keinen Laut von mir, schrie nicht, um meine vorausschwimmenden Kameraden auf meine Lage aufmerksam zu machen. Nachdem ich eine Weile in der Mitte des Strudels auf- und niedergestiegen war, kam ich allmählich in einen weiteren Kreis desselben und nach und nach so weit vom Zentrum, daß ich es wagen konnte, mit allen Kräften zu schwimmen um eine der etwa 30—40 Schritte entfernten Sandbänke zu erreichen, und es gelang mir. Kaum stand ich auf der Sandbank, als vom andern Ende derselben meine Schwimmkameraden angerannt kamen. Zu spät hatten sie an mich gedacht und erst als sie mich nicht nachkommen sahen, dachten sie an den Wirbel. Sie wären zu spät gekommen, sie hätten mich nicht gerettet, wenn ich mich nicht selbst gerettet hätte. „Was machst denn du?" — rief mir der flüchtige Anwalt Werner von Offenburg entgegen, im Jahre 49 einer der drei Diktatoren. „Was ich mache?" — erwiederte ich. — „Mich aus dem Wirbel ziehen. Ich kann so gut schwimmen wie ihr." „Wahrhaftig," sagte Werner, „das hast du bewiesen." Die folgenden Tage habe ich, wie die andern, den gefährlichen Wirbel vermieden. Meine damalige Lage im Strudel ist mir heute noch nach bald 47 Jahren so klar wie damals.

Mein Schwimmabenteuer erinnert mich an ein komisches Abenteuer, das einem andern badischen Flüchtling etwa zur selben Zeit begegnet ist. Er pflegte unterhalb der Schiffbrücke bei Kehl in dem Rheine zu schwimmen. Er war ein verwegener Schwimmer, der stets den reißenden Thalweg hinabschwamm. Seine Kleider pflegte er an dem Damm auf der elsässer Seite niederzulegen. Einmal aber führte ihn der Strom so weit nach dem badischen Ufer hinüber, daß er, trotz aller Anstrengungen, nicht den Thalweg zu durchkreuzen und das jenseitige Ufer zu erreichen vermochte. So war er, allmählich müde geworden, gezwungen, auf dem badischen Ufer ans Land zu steigen. Eine fatale Lage. Er fand sich in seinem verlorenen badischen Paradies ganz im Kostüm Vater Adams, ehe er vom Apfel aß. Er aber besann sich nicht lang. In Adams Kostüm marschierte er dem Ufer ent=

lang bis nach Kehl und da begann nun eine interessante
Scene. In seinem natürlichen Gewand rannte er durch
einen Teil des Städtchens nach der Rheinbrücke, vorbei an
der badischen Zollstation, an den badischen Militärposten vorbei und auf der Schiffbrücke standen badische Zollwächter und
Soldaten, Vorübergehende, französische Wachtposten und Zollwächter, alle mit offenem Munde da und sahen den nackten
Schnelläufer dahinsausen. Da die französischen Douaniers
nichts in seinen Taschen zu suchen hatten, so suchten sie seinen
Lauf nicht zu stören. So kam er nach seiner wilden Jagd
als zweifacher badischer Flüchtling glücklich wieder bei seinen
Kleidern an.

Von den badischen Flüchtlingen, die im Frühling des
Jahres 1848 auf dem Ufer des Elsasses ankamen, haben
viele dasselbe unter Gefahren und Schwierigkeiten erreicht.
Ich könnte mit solchen Fluchtabenteuern einen ganzen Band
anfüllen. Ich will mich indes hier auf einen Fall beschränken,
da ich das Ende desselben miterlebt habe.

Ich fand mich eines Abends in Gesellschaft einiger Kameraden in der Brasserie Alsacienne bei einem Glas Bier,
als eine junge Dame die Thüre hereintrat, sich umschaute,
dann in raschem Schritte auf uns zulief und mich zärtlich
umarmte und küßte. Das ganze Zimmer lachte laut auf —
und ich war in größter Verlegenheit über die unerwartete
Zärtlichkeit von seiten einer mir unbekannten Dame. Ich
war damals zu revolutionär gestimmt, um mich um Damen-
zärtlichkeiten zu kümmern. Auf einmal aber fielen mir die
Schuppen von den Augen und ich lachte noch lauter als die
andern und die Dame lachte ebenfalls mit einer ganz männlichen Stimme.

Es war mein alter Freund stud. med. Georg von
Langsdorff, der revolutionäre Kommandant von Frei-

burg i. B., der, wie die Legende ihm fälscherweise aufbürdete, vom Münsterturme herab seine Truppen in der Stadt befehligte.

Nach Einnahme der Stadt machte er sich aus dem Staube, floh von Ort zu Ort, erreichte das Elsaß glücklich, und stand leibhaftig als schöne, nach Pariser Mode gekleidete Dame vor mir.

Seine damalige Braut und spätere Gattin hatte ihn, so sagte man, nach mehreren überstandenen Entdeckungsgefahren, ganz täuschend als Dame ausstaffiert. Er reiste mit ihr per Eisenbahn nach Kehl, und sie spazierten — es gab damals noch keine Eisenbahnbrücke — unbelästigt an badischen Gendarmen und Wachposten vorbei über die Schiffbrücke nach dem Ufer des Elsasses, wo die höflichen Zollbeamten die schönen jungen Damen nicht belästigten. Doch ehe der wackere Turner Langsdorff seine Über- und Unterröde ablegte, wollte er seine Freunde noch überraschen. Und dieses gelang ihm vollständig. Er besaß, nebenbei gesagt, ein großes Schauspielertalent.

# III.

## Die Bewegung von 1849.

Meine Beteiligung. — Mein Amt. — Zwei Expeditionen. —
Eine harte Pflichtprobe. — Mein Rückzug. — Letzte Truppenschau. — Max Dortü. — Meine Flucht nach dem Elsaß.

Mein erstes Exil währte etwa ein Jahr, bis zum
Frühjahr 1849. Im Frühjahr dieses Jahres brach die zweite,
viel ernsthaftere Bewegung in Baden aus, an der sich das
ganze Land, das ganze Heer beteiligte und infolge deren das
großherzogliche Haus und die Minister über den Rhein nach
dem Elsaß flohen. Am Anfang der Bewegung hatte die
großherzogliche Regierung eine zweite Amnestie für alle vor-
hergehenden politischen Vergehen verkündigt. Aber der Gnadenakt verfehlte seine Wirkung, bald bildete sich eine provisorische
Landesregierung in Karlsruhe und wurde eine revolutionäre
konstituierende Versammlung dahin berufen. Die Exilierten
eilten von der Fremde nach Hause. Ich begab mich nach
Offenburg, wo ich mich, trotz angegriffener Gesundheit zu den
schon nach dem Unterlande gezogenen Offenburger Freischaren
begeben wollte, unter denen sich auch mein Bruder befand,
als mich die Landesregierung erst zum Adjunkten des Zivilkommissärs des Kreises Offenburg, dann zum Zivilkommissär
und später zum Kriegskommissär, anfangs ohne mein Wissen
und Zuthun, ernannte.

Eine nähere Beschreibung meines Amtes und dessen Pflichten würde viele Seiten füllen: die Überwachung der Verwaltungsbeamten, Aufrechterhaltung der Ordnung, Aushebung der Rekruten für die regelmäßigen und unregelmäßigen Truppen, Beaufsichtigung und Absendung der durchmarschierenden Freischaren vom Schwarzwalde und Oberlande, Oberleitung zweier Expeditionen nach Durbach und Lahr infolge einer von Anhängern der flüchtigen Regierung vorbereiteten Gegen-Revolution und vieles ähnliches. Kurz die ganze Zivil- und Militär-Administration des Kreises fiel in meinen Bereich. Ich war schon vier Uhr des Morgens auf meinem Amtszimmer im jetzigen Oberamte, wo ich, wenn meine Pflichten mich nicht nach auswärts riefen, bis spät in die Nacht arbeitete. Und bei dieser höchst aufregenden, anstrengenden Thätigkeit besserte sich mein Gesundheitszustand, fühlte ich mich wohler und stärker als zuvor! Ich hielt meinen Posten inne bis zum Anmarsch der preußischen Truppen und zog dann nach Freiburg.

Zwei Tage vor meinem Rückzuge von Offenburg war ich in Freiburg, um mir bei der dort im heutigen erbgroßherzoglichen Palast eingerichteten Landesregierung und deren Vertreter, dem Triumvir Amand Goegg, Verhaltungsmaßregeln hinsichtlich meines Verweilens auf meinem Posten zu holen. Die Landesregierung war von Karlsruhe nach Freiburg übergesiedelt und hatte im Gedränge der Geschäfte unterlassen, die Lokalbehörden davon in Kenntnis zu setzen und ihnen Verhaltungsmaßregeln zukommen zu lassen. Es herrschte damals eine unbeschreibliche Aufregung und Verwirrung.

Nach Rückkehr nach Offenburg fand ich, daß einer meiner Hauptkollegen in aller Stille inzwischen schon seinen Rückzug eingeschlagen hatte, was die auf mir ruhende schwere Last verdoppelte. Ich muß an dieser Stelle bemerken, daß weder

ich, als Zivil- und Militärkommissär, noch meine Adjunkten einen
Pfennig Gehalt noch irgendwelche Unterstützung von der Regierung erhielten und daß wir unsere aufreibende Arbeit nicht nur
ohne irgend welche Remuneration verrichteten, ja sehr oft An-
schaffungen und Ausflüge ꝛc. aus eigener Börse bestreiten mußten.
Viele von denen, die der damaligen Bewegung ihre ganze Kraft
gewidmet, mußten von Mitteln entblößt ins Exil wandern.

Nach den Kämpfen gegen Ende Juni an der Murg,
dem Aufgeben der Murglinie und nach einem kurzen Widerstand bei Dos, wo mein Heidelberger Universitätsfreund
M i c h e l aus Bamberg als Hauptmann fiel, begann der Rückzug gen Offenburg und von da weiter nach Freiburg. Anfangs Juli kam der große Generalstab des badischen Heeres,
Mieroslawski an der Spitze, in Offenburg an, wo er in dem
Gasthofe zur Fortuna sein Hauptquartier bezog, in demselben
Hotel, in dem Napoleon im Jahre 1836 mit seinem Freunde
Fialin, genannt von Persigny u. a. den Straßburger Putsch
vorbereitet hatte, die Zeche aber, selbst als Kaiser, schuldig blieb.

In Offenburg wurde in einer Generalstabssitzung der
Plan beraten, ob man noch einmal daselbst standhalten und
die alte mit Mauern umgebene Reichsstadt in Verteidigungs-
stand setzen sollte. Nach einiger Diskussion für und wider,
ward aber der Plan aufgegeben, da die Sache offenbar völlig
verloren war, im Schwarzwald feindliche süddeutsche Truppen
vordrangen und Österreich sich vorbereitete in Konstanz zu lan-
den, um den badischen Truppen den Rückzug abzuschneiden.
Mieroslawski trat nun vom Schauplatze ab und Siegel über-
nahm wieder den Oberbefehl. Die Kraft der badischen Bewegung
war aber lahmgelegt und es kam zu keinen Kämpfen mehr.

Meine gute Vaterstadt Offenburg war durch das Aufgeben des Widerstandes daselbst einer großen Gefahr ent-
gangen, denn die Stadt wäre ohne Gnade und Barmherzig-

keit zerstört worden wie zur Zeit von Louis XIV. Offenburg hatte bei den Gegnern der Revolution einen bösen Klang als der Zentralpunkt der revolutionären Bewegungen, der Volksversammlungen, von wo aus auch die letzte Bewegung 1849 von seiten des Volkes die Sanktion erhalten hatte. Ich atmete wieder frei und leicht auf, als der Generalstab weiter nach Freiburg zog.

Die revolutionäre Landesregierung, der Generalstab und der Gros des Heeres waren schon in Freiburg und durch Offenburg marschierten noch kleinere Heeresteile, denen Preußen und Mecklenburger auf den Fersen folgten. Da drängte mich mein guter Vater, dessen anderer Sohn mit der Offenburger Abteilung der Freischaren bei Weinheim und andern Orten im badischen Unterlande gekämpft und dessen Schicksal uns noch unbekannt war, die Stadt zu verlassen, seinet- sowie meinetwillen. Ich verließ die Stadt mit der letzten Lokomotive. Von Amtspflichten hinsichtlich meines Verhaltens und Bleibens konnte natürlich keine Rede mehr sein. Der Feind war nahe und auf der Rheinstraße schon oberhalb Offenburg. Meine Stellung war nicht wie in einem vom Feinde überzogenen fremden Lande, wo man den Sieger erwartet und ihm etwa die Schlüssel der Stadt überreicht. Bei mir war die Frage Rückzug oder Tod. Als dreimal Rückfälliger wäre letzteres mein sicheres Los gewesen. So verließ ich denn schweren Herzens die Heimat und all die Lieben, von manchen für dieses Leben Abschied nehmend.

Erst Jahre nachher ward mir mitgeteilt, daß kurz, nachdem ich meine Vaterstadt verlassen hatte, mit der letzten Nachhut des schnell retirierenden badischen Heeres, sich ein Unbekannter als Zivil- und Kriegskommissär in Offenburg auf einige Stunden aufspielte und dann verschwand. Dieser handelte auf eigene Faust und ohne jegliche Vollmacht von seiten der Regierung oder des Stabes, die sich alle schon in Freiburg und teilweise auf dem Rückzuge nach der Schweiz befanden. Ich erwähne diesen Vorfall nur, um jede Verant= wortlichkeit für das, was dieser Unberufene gethan haben mochte, von mir fern zu halten. Es kann nicht geleugnet werden, daß — wie bei allen politisch= revolutionären Be= wegungen in allen Ländern — sich auch an der badischen Bewegung ungeladene Gäste, oft unlautere Elemente beteiligten, die den Namen der Bewegung geschädigt haben und der Legion von Denunzianten und Verleumbern, die nach ihr auftauchten, Stoff zu falschen Beschuldigungen lieferten. Selbst die Edelsten wurden von dieser Bande nicht verschont u. a. mein in Freiburg standrechtlich erschossener Freund Max Dortü, der Edelsten einer, dem man Erpressungen nachgelogen hat.

Während ich in Offenburg im Amte war, that ich mein möglichstes, jedwede Unordnung, jeden Exzeß zu verhindern. Ich war, wie gesagt, morgens schon vor Sonnenaufgang auf meiner Amtsstube. Solange ich im Dienste war, ist keinerlei Unordnung, kein Vergehen gegen Disziplin vorgekommen. Die stets in großer Zahl durchmarschierenden Freischaren suchten alle nach dem Zapfenstreich um neun Uhr Abends ihre Quar= tiere. Ich führe dieses an nicht, um mich zu brüsten, sondern um die an der Bewegung Beteiligten zu charakterisieren. Ihnen gebührt die Ehre. Offenburg war während der revolutionären Bewegung 1849 in Baden einer der schwierigsten und wich= tigsten Plätze im Lande, ein Knotenpunkt, wo der Seekreis und hohe Schwarzwald durch das Kinzigthal in die Rhein= ebene ausmündeten und mit dem badischen Oberlande zu= sammenstießen. Eine Schwarzwaldbahn gab es noch nicht.

Während ich diese Zeilen schrieb, fiel mir ein Fall von Ausschreitung ein, der einzige jedoch, der mir in der Stadt Offenburg vorgekommen ist. Der damalige Stadtpfarrer,

Dekan Pellissier, besuchte mich eines Morgens um fünf Uhr in großer Aufregung im jetzigen Oberamtsgebäude in meiner Amtsstube, und klagte mir, daß sein ihm vom König Ludwig von Baiern geschenkter Schimmel ihm aus dem Stalle entführt worden sei. Um sechs Uhr, eine Stunde nachher, hatte der gute Dekan seinen Schimmel wieder in seinem Stalle und dankte mir herzlich für die Hilfe. Der Kerl aber, der ihn geholt, den ich nach Rastatt schicken wollte, war spurlos verschwunden. Ich darf wohl annehmen, daß selbst die wütendsten politischen Gegner in jenen erregten Tagen, mir die Gerechtigkeit widerfahren ließen, daß unter meiner Verwaltung alles in Ruhe und Ordnung in Offenburg verlaufen ist. Eine leichte Aufgabe war dies aber in jenen Tagen nicht.

Während in Offenburg aber, so lange ich im Amte war, nicht die geringste Störung von seiten der Gegner der revolutionären Bewegung vorkam, hatte ich zweimal Veranlassung in der Nähe Versuchen entgegenzutreten, deren Zweck war, im Rücken des badischen Heeres eine reaktionäre Bewegung hervorzurufen, um letzteres in Verwirrung zu bringen und Panik und Flucht zu bewirken. Ich habe diese Versuche oben schon erwähnt und will hier nur einige nachträgliche Angaben darüber machen.

Der erste Versuch ward im nahen Dorfe D u r b a c h gemacht, wo auf dem großherzoglichen Schlosse und im Dorfe treue Anhänger des Regentenhauses wohnten. Die Sache hatte aber keinen gefährlichen Charakter und mein Militär-Adjunkt Engler an der Spitze einer kleinen Freischar stellte ohne Schwierigkeit Ruhe durch eine kleine Einquartierung her.

Bedenklicher war die Nachricht, die mir in der vierten Woche des Monats Juni von Lahr zugesandt wurde. Adjunkt Engler zog abermals in meinem Auftrage nach Lahr an der Spitze einer ansehnlichen Macht, der sich die Bürger-

mehr von Offenburg mit zwei Kanonen anschloß, befehligt
von deren Kommandanten Major Schmiederer. Diese Affaire
endete aber ebenfalls friedlich, ohne Blutvergießen, da sich
die Anstifter der reaktionären Bewegung aus dem Staube
machten. Die Beschreibung des Lahrer Vorfalles in Pfarrer
Hansjakobs anziehender Schrift „Aus meiner Jugendzeit"
ist vollständig unrichtig und basiert auf die unklaren Erinnerungen eines kleinen Schuljungen. Hansjakob sagt, daß
die Expedition von einer kleinen in Offenburg anwesenden
Zahl Mitglieder der konstituierenden Versammlung und von
Brentano ausgegangen wäre. Zu jener Zeit aber, als
die badischen Truppen noch im Unterlande kämpften, tagte
die konstituierende Versammlung schon in Freiburg in Gegenwart Brentanos, der nicht in Offenburg war, ebensowenig
wie die angeblichen Mitglieder der konstituierenden Versammlung. Brentano legte am 28. Juni, zur Zeit der Expedition
nach Lahr, in Freiburg seine Diktatur nieder und floh in die
Schweiz, weil die konstituierende Versammlung in Freiburg auf
Antrag Struves beschlossen hat, daß jede Unterhand-
lung mit dem Feinde als Verrat erklärt werde.

Von meinen Erfahrungen erst als Zivil- und später
Kriegskommissär möchte ich indes hier zum Nachtrag noch eine
anführen, da sie in einer harten Prüfung bestand, die ich
in meinem Amte zu bestehen hatte, wo Pflicht und Freundschaft in mir mit einander stritten.

Zur Zeit als ich noch als Adjunkt des Zivilkommissärs
Anwalt Friedrich Zull in Offenburg fungierte, war die Stadt
mit Freischaren vom badischen Oberland und dem Kinzigthal
angefüllt, die im Begriffe waren, zu den badischen Truppen
im Unterlande abzuziehen. Da erschienen unerwartet, ohne
Autorisation von ihren Vorgesetzten, zwei Verpflegungskom-
missäre der badischen Truppen flüchtig vom Unterlande, zu

einer Zeit, wo dort noch kein dem badischen Aufstande fatales
Treffen stattgefunden hatte. Die flüchtigen Kommissäre in
militärischer Uniform hatten es unterlassen, dem Zivilkommissär
von Offenburg sich pflichtgemäß zu melden und ihn zu in-
formieren. Anstatt dessen sprengten sie in der Stadt die
Nachricht aus, daß alles verloren wäre. Ihre Behauptungen
in den Wirtschaften verursachten große Aufregung, und die
anwesenden Freischaren bereiteten sich vor, wieder zurück nach
der Heimat zu ziehen, die reaktionären Elemente in der Stadt
und Umgegend begannen sich zu regen, und es war Gefahr
vorhanden, daß im Rüden der badischen Truppen eine reaktionäre Bewegung sich organisiere.

In dieser kritischen Lage befahl mir mein Vorgesetzter,
Zivilkommissär Zutt, die beiden Verpflegungsoffiziere, die das
Hasenpanier ergriffen hatten, als Verbreiter gefährlicher und
unwahrer Berichte zu verhaften und in die Festung Rastatt
zu senden.

Es wäre mir dies unter allen Umständen eine schwere,
harte Aufgabe gewesen. Sie war aber viel schwerer als ich
mir vorgestellt hatte. Als ich mich nämlich in das Gasthaus
zur Sonne begab, wo die beiden flüchtigen Revolutionäre
wohnten, fand ich zu meiner großen Bestürzung, daß es zwei
Brüder waren, mit denen ich an der Universität und im
Turnverein von Heidelberg sehr befreundet gewesen war. Sie
gehörten damals zur äußersten, radikalsten Linken in Heidelberg.

Sollte ich meine Amtspflicht verletzen und der drohenden
Unordnung und Reaktion freien Lauf lassen? Sollte ich
alte Freunde wieder dahin zurückschicken, wo sie hätten mutig
stand halten sollen? Die Probe war keine leichte, aber die
Pflicht siegte über die Freundschaft und die beiden Freunde
mußten wieder nach dem Unterlande, nach Rastatt zurückkehren. Die Stadt war wieder ruhig.

Die bald nachher folgenden Ereignisse fielen allerdings zu Gunsten der Gegner der badischen Bewegung aus. Dies entschuldigt aber die beiden Ausreißer nicht, die nur mit ihren Truppen sich zurückzuziehen hatten, und ich habe mir nachträglich nie die geringsten Vorwürfe gemacht, die pflichtvergessenen Freunde pflichtgemäß behandelt zu haben. Zu meiner Be= ruhigung trug allerdings noch die Mitteilung bei, daß es beiden Brüdern bald wieder gelungen ist, von Rastatt durchzu= brennen und die Schweiz zu erreichen, — ohne uns in Offen= burg einen zweiten Besuch zu machen. Von der Schweiz begaben sie sich bald als doppelte Flüchtlinge in die weite Welt.

In Freiburg schlief ich anfangs in der Kaserne, später bis zum Abzuge bei meinem Freunde Joseph Schinzinger. Nach= dem man in Freiburg sich überzeugt hatte, daß ein fernerer Widerstand nutzlos wäre, so beschloß man den Rückzug nach der Schweizergrenze und dieser Rückzug erlaubte keinen Auf= schub, denn von Norden marschierten die preußischen und meck= lenburgischen Truppen heran, über den Schwarzwald süd= deutsche und über Konstanz bereiteten sich die österreichischen vor, den Badenern in die Flanke zu fallen. Ich wohnte der letzten Truppenschau auf dem Karlsplatz in Freiburg bei, die mich mit tiefer Trauer erfüllte. In wenigen Tagen waren die Kämpfer zersprengt, zerstreut, Flüchtlinge in der Schweiz, und bald über alle Weltteile verteilt. Ich stand neben meinem lieben Heidelberger Universitätsfreunde Max Dortü, ein hüb= scher, schlanker junger Mann in Uniform, als ein schwarz= wälder, wohlhäbig aussehender Bauer auf uns zutrat, einen großen ledernen Geldbeutel herauszog und ihn Dortü mit den Worten darbot: „Ich höre an Ihrer Aussprache, daß Sie nicht hier daheim sind (Dortü war aus Potsdam). Sie haben für uns gekämpft und müssen jetzt in die Fremde ziehen. Nehmen Sie diesen Beutel zur Unterstützung und zum An=

denken." Dortü und ich waren gerührt über den Edelmut des wackern Bauern. Aber er nahm den Beutel nicht an und sagte dem Bauern, ihm dankend die Hand schüttelnd, daß er Mittel besäße, in der Fremde zu leben, und daß er seine Hilfe einem andern wirklich Hilfsbedürftigen anbieten sollte. Der Bauer verließ uns betrübt.

Dortü hatte damals keine Ahnung davon, daß er bald keine Unterstützung mehr nötig haben würde. Er, einige Freunde und ich hatten ausgemacht, zusammen in die Schweiz zu ziehen mit den badischen Truppen. Ein Freund veran= laßte mich, mit ihm auf einen Tag nach seiner Vaterstadt Eichstetten am Kaiserstuhl zu fahren, den nächsten Morgen aber wollten wir wieder in Freiburg zum Rückzuge bereit sein. Dieser Plan wurde durch den schnellen Vormarsch der Preußen vereitelt. Wir konnten nicht wieder nach Freiburg zurück und Max Dortü, der Freiburg zu spät verließ, wurde von reak= tionären Bürgern festgenommen, seinen Landsleuten, den preußischen Truppen, überliefert und bald darauf bei dem Friedhofe zur Wiehre erschossen, wo er ruht. Er war einer der edelsten, hochherzigsten deutschen Jünglinge, die ich je gekannt habe. Seine Eltern schlafen mit ihm in demselben Grabe.

Ich habe eben gesagt, daß ein Freund namens Engler, den ich 1848 als Exilierten in Straßburg kennen gelernt und der in Offenburg 1849 mein Adjunkt im Militärkom= missariat war, ein ehemaliger Polytechniker von Karlsruhe und ein Mann, der ehedem in der französischen Fremden= legion in Spanien gedient, mich veranlaßte, mit ihm auf einen Tag Eichstetten, seine Vaterstadt am Kaiserstuhle, zu besuchen. Wir wohnten bei einem Freunde von ihm. Früh morgens um 4 Uhr wurden wir von letzterem geweckt und benachrichtigt, daß die preußische Avantgarde schon durch das Städtchen marschiere. Da war keine Zeit zu verlieren. Wir nahmen in Eile ein Glas Kirschwasser und verschlangen ein Stück Schwarzbrot, und ließen, um uns nicht zu verraten, unsere Waffen, bestehend in Säbel und Pistolen, bei unserem Gastfreunde zurück. Ein Junge trug unser Traggepäck uns voran zum Orte hinaus und so wagten wir es, zwischen den feindlichen Truppen hindurch einen Bergpfad des Kaiserstuhles aufzusuchen. Von Rückkehr nach Freiburg konnte keine Rede mehr sein. Freund Engler kannte genau die Gebirgswege und wir kamen nach etwa zwei Stunden in Alt-Breisach an. Dort fanden wir ein aufgeregtes Leben und Treiben. Es gab damals noch keine stehende Brücke bei Breisach über den Rhein, sondern nur eine fliegende Brücke, die den Verkehr zwischen beiden Ufern vermittelte. Von Breisach fuhr ein Omnibus nach dem Rheine, dort ward er auf die fliegende Brücke gestellt und nach Ankunft auf dem elsässer Ufer fuhr er weiter nach Neu-Breisach.

Die badische Gendarmerie, die während der politischen Bewegung sich in die neue Lage gefügt hatte, mußte von der Annäherung der Preußen, lenkte wieder über und prüfte mit scharfem Auge alle Abreisenden. Ehe wir den Omnibus bestiegen, verlangte ein Gendarmeriewachtmeister die Pässe der Abfahrenden zu sehen. Ich war vor Rückzug von Offenburg so vorsichtig gewesen, für mich und Freund Engler vom dortigen Amtmann Braunstein, einem Freunde meines Vaters, Heimatscheine ausstellen zu lassen. Diese Scheine zeigten wir vor in Breisach. „Sehen Sie" — sagte der Wachtmeister zu einem Gendarmen — „ob diese Namen im Fahndungsblatte stehen." Die Gendarmerie erhielt nämlich früher, vor Ausbruch der letzten politischen Bewegung, regelmäßig von ihren Vorgesetzten in der Residenz gedruckte Fahndungsblätter mit Namen, Signalement von Verbrechern und politisch Verfolgten. Wir beide standen als 48er badische

Exilierte ohne Zweifel darin. Keiner der Gendarmen hatte aber ein Fahndungsblatt bei sich. Wir stiegen nun in den Omnibus und fuhren nach der fliegenden Rheinbrücke. Ehe die Brücke aber abfuhr, mußten wir alle wieder aussteigen und die badischen Zollbeamten, bis dahin so unterwürfig, begannen ganz gegen Gebrauch und Regel, das Gepäck der Abreisenden zu untersuchen. Ohne Zweifel handelten die Gendarmerie und die Zollgardisten auf Anordnung eines Beamten in Breisach, der sich der neueingesetzten alten Regierung empfehlen wollte, nachdem er eine Zeit lang den gehorsamsten Diener der neuen gespielt. Als die Untersuchung des Gepäcks begann, fiel es mir plötzlich schwer aufs Gewissen, daß ich in meinem Umhängetäschchen vier sehr kompromittierende Gegenstände hatte: Meine Ernennung zum Zivilkommissär, die andere zum Kriegskommissär, mein Amtssiegel, meine schwarz-rot-goldene Schärpe. Das Täschchen hatte ich unter meinem Sitz, gleich am Eingang des Omnibus, in die Ecke geschoben. Meinen Tornister nahm ich heraus zum Untersuchen. Es fanden sich darin nur unschuldige Dinge. Ein Zollbeamter betrat den Omnibus, sah unter die Sitze, bemerkte aber das gefährliche Täschchen nicht. So stieg ich leichten Herzens wieder ein und bald lag die fliegende Brücke am elsässischen Ufer, und wir waren gerettet. Von meiner glücklichen Ankunft auf dem linken Rheinufer hing mein Leben ab. Es läßt sich leicht denken, was mein Los gewesen wäre, wenn man mich in der ersten Zeit einer erbitterten, ja wahnwitzigen Reaktion gefangen hätte, in Anbetracht dessen, daß ich mich seit 1847 dreimal politischer Vergehen schuldig gemacht hatte. Es fielen in der ersten Zeit viel unschuldigere Opfer als ich gewesen wäre.

Auf der elsässer Seite begann wieder die Untersuchung des Gepäcks von den französischen Douaniers; da kam ich aber nicht so leichten Kaufs davon. Ein Douanier fand mein Täschchen und dessen Inhalt, und man erkannte nun mich und Engler als politische Flüchtlinge. Infolgedessen erhielt unser Omnibus die Begleitung von zwei Lanciers, die mit uns nach Neubreisach ritten und uns beide, nachdem wir den Omnibus verlassen, nach der Präfektur brachten. So hatte ich das erste und letztemal in meinem Leben die Ehre militärischer Begleitung. Auf der Präfektur wurden wir und unsere Papiere von einem Beamten geprüft und wir sollten sofort per Eisenbahn nach der Schweiz gebracht werden. Zum Glücke hatte ich vor meiner Abreise von Offenburg Zeugnisse von Straßburger medizinischen Professoren eingesteckt, deren Kliniken ich im Jahre 1848 besucht hatte. Ich legte sie dem Beamten vor und bat daraufhin nach Straßburg reisen zu dürfen, um daselbst meine medizinischen Studien fortzusetzen. Ich erhielt die Erlaubnis. Mein Freund Engler aber mußte nach der Schweiz reisen. Was aus ihm geworden ist, konnte ich trotz Nachfragens nie erfahren. Ich habe ihn, seitdem wir uns in der Präfektur von Neubreisach Lebewohl sagten, nicht wiedergesehen. So trat ich mein zweites Exil in Straßburg an.

Mein Freund, Max Dortü ward etwa zur selben Zeit, als ich in Altbreisach ankam, in Freiburg verhaftet und bald darauf standrechtlich erschossen. Dasselbe Los hätte auch mich erwartet. Mein Leben hing an meinem kleinen Täschchen im Omnibus von Breisach, in das ich in Eile die genannten Belastungszeugen vor Abreise gesteckt hatte. Das Siegel war jedoch bestimmt, bald zwei Freunden einen guten Dienst zu leisten.

# IV.

## Zweites Exil 1849.

Straßburg. — Jagd auf Flüchtlinge. — Eine Fälschung berechtigt. — Nancy. — Paris. — Mein Leben in Paris. — Meine Studien. — Die Gesellschaft deutscher Ärzte und Naturforscher. — Die Pariser medizinische Schule damals von Deutschen besucht. — Meine Verhaftung. — Mein Besuch der Weltausstellung in London 1851.

So war ich denn wieder in Straßburg, das voll von Flüchtlingen war, und trat mein zweites Exil an, das aber länger als das erste währen und für mein ganzes Leben große Folgen haben sollte. Napoleon war inzwischen Präsident geworden, und dieser, um den deutschen Regierungen gefällig zu sein, begann sofort die deutschen Flüchtlinge an der Grenze zu verfolgen. Es wurden regelmäßige Hetzjagden, sog. Razzias, nach ihnen veranstaltet. Jeden Morgen um fünf Uhr begannen Abteilungen der Garnison, geführt von einem Polizeikommissär und einem Spitzel, Gasthäuser und bezeichnete Privathäuser aufzusuchen und alle, die sie erwischten, zu verhaften. Die einen wurden an die Schweizer Grenze transportiert, die andern nach Nantes, an der atlantischen Seite Frankreichs. Ich, mit einigen vorsichtigen Freunden begab mich jeden Morgen um vier Uhr vor der Razzia auf die Wälle der Festung, bis die Jagd vorüber war. Man

hatte dann den Tag über Ruhe. Lange hielt ich indes diese
Hetzjagden nicht aus und ich beschloß schon Mitte August,
mich nach Nancy zu begeben. Ehe ich jedoch Straßburg verließ,
verübte ich noch das Vergehen einer Fälschung. An der oben
erwähnten Expedition nach Lahr gegen kontre-revolutionäre
Agitationen beteiligten sich zwei Offenburger Freunde, der
eine als militärischer Anführer, der andere als Stabsarzt.
Beide wurden nach Einzug der preußischen Truppen verhaftet
und saßen hinter Schloß und Riegel. Nahe Verwandte
beider eilten zu mir nach Straßburg und suchten mich zu
überreden, ihnen zwei zurückdatierte Dokumente auszustellen,
worin ich den Gefangenen gegen schwere Strafe strengstens
das anbefahl, wofür sie in Haft saßen. Es war dies allerdings eine Fälschung, dazu keine, die mir nützen konnte. Ich
gab aber ihren Bitten nach, stellte die erbetenen Befehle aus
und drückte ihnen das in meinem Besitz gebliebene Siegel des
Offenburger Zivilkommissariats auf. Die Dokumente bewirkten
die Entlassung der Gefangenen. Ich fügte zu meinen vielen Sünden ja nur noch eine andere. Es war dies die einzige Fälschung
in meinem Leben, eine Fälschung, die mir nur schaden konnte.

Ehe ich von Straßburg nach Nancy abreiste, wo mein
Großvater die französische Revolution vor hundert Jahren
miterlebt hat, hatte ich noch eine harte Prüfung zu bestehen.
Es war dies der Abschied von meinem lieben Vater. Nachdem wir den Tag in Straßburg zusammen verlebt, begleitete
ich ihn an die Schiffbrücke am Rhein. Es gab damals noch
keine Eisenbahnbrücke. Hart am Ufer des Rheines, ehe er
die Brücke betrat, nahmen wir Abschied und mit klopfendem
Herzen sah ich ihm nach, als er langsamen Schrittes über
die Brücke nach der mir verschlossenen Heimat wanderte. Es
war das letztemal, daß wir uns in diesem Leben gesehen
haben, und der Abschied war auf immer. War es ein Vor-

gefühl des Lebensabschieds, das mich damals so unendlich wehmütig stimmte? Traurigen Schrittes lenkte ich meine Schritte nach Straßburg zurück. Meiner wartete noch eine Reihe schwerer Lebensprüfungen, aber die schwerste war der Verlust des Vaters. Wie oft bin ich, wenn ich Straßburg später besucht habe, hinaus an die Stelle gewandert, wo wir uns zuletzt in die thränenden Augen geblickt und zuletzt in diesem Leben uns ans Herz gedrückt haben.

In Nancy wohnte ich bis Januar 1850, besuchte daselbst die Vorlesungen der dortigen Académie des Sciences und studierte fleißig französisch. Im Januar 1850 begab ich mich nach Paris, wo ich bis November 1853 lebte.

In Paris ward ich inskribierter Student der École de Médecine, besuchte die Hospitäler, Vorlesungen und nebstdem noch die Vorlesungen an der Sorbonne und dem Collége de France. Meine Absicht war, dem Wunsche meines Vaters gemäß, in Paris mein Examen als Doctor Medicinae zu machen, und mich im Elsaß, in der Nähe der alten Heimat niederzulassen.

Während meiner Studienzeit in Paris fungierte ich als Schatzmeister und eine Zeit lang als Bibliothekar des „Vereins deutscher Ärzte und Naturforscher in Paris", indem ich zugleich eine Reihe von Vorlesungen hielt, unter andern „Über die Lagen der fossilen Insekten" und über „Croup und Tracheotomie. Die Pariser „Gesellschaft amerikanischer Ärzte" ernannte mich zu ihrem sog. privilegierten Mitgliede.

Obiger Verein, mit dem französischen Titel: „Société Médicale Allemande", blühte zu meiner Zeit, hatte einen großen Sitzungssaal und eine schöne Bibliothek und war von vielen Mitgliedern besucht. Paris ward in den 40ger Jahren von sehr vielen deutschen Ärzten aufgesucht. Die Pariser medi-

zinische Schule stand damals an der Spitze der medizinischen
Wissenschaft in Europa. Es waren daselbst die für die Krank-
heitsdiagnose so wichtigen Hilfsmittel, die Auskultation und
Perkussion erfunden worden, die ersten Tracheotomien vor-
genommen worden. Erst später schwang sich Wien und dann
Deutschland an die Spitze. Die Pariser deutsche medizinische
Gesellschaft war daher stets von vielen deutschen Ärzten besucht, die darin eine Heimstätte fanden, von denen manche
später Berühmtheit erlangten, wie u. a. der jüngere Gräfe
in Berlin, Esmarch in Kiel, die zu meiner Zeit in Paris
waren. Von den in Paris ansässigen deutschen Ärzten und
Gründern des Vereins führe ich den früheren burschenschaftlichen Exilierten, C. G. Th. Schuster an, Dr. Medic. und
Juris, der Verfasser des trefflichen deutsch-französischen Wörter-
buchs, das beste seiner Art, besonders für naturwissenschaft-
liche Studien und vom Conseil de l'Université adoptiert.

Ich hatte eine geraume Zeit in Paris in äußerster Zurückgezogenheit gelebt und mich ausschließlich dem Studium
gewidmet. Obwohl ich natürlich keinen Paß besitzen konnte
und nur einen sog. badischen Heimatschein hatte, so habe ich
nie meinen Namen verheimlicht. Ich lebte mit meinem wahren
Namen in der Pension Hotel Britannique, mein Name ward
in die täglich von Polizeibeamten inspizierte Gasthausliste
eingetragen, ich erhielt alle meine Briefe an meinen richtigen
Namen adressiert. Trotz alledem lag schon seit einem Jahre
ein sog. Mandat d'amener gegen mich auf der Polizeipräfektur. Im Juli des Jahres 1850 wurde ein junger
Mann namens Scheibel aus Heidelberg verhaftet und sollte
an die Grenze transportiert werden. Er entdeckte, daß hier
eine Verwechslung vorläge, bewies durch seine Papiere, daß
er nicht die gesuchte Person wäre, ward freigelassen und benachrichtigte mich, daß man ihn mit mir verwechselt hatte.

Darauf zog ich in das ruhige obengenannte Hotel Britannique, und lebte da in aller Stille, ohne Verheimlichung meines Namens. Endlich entdeckte man mich, und der Polizeikommissär des Quartier erhielt von der Präfektur eine Nase, daß er mich, der nur wenige Schritte von seiner Amtsstube wohnte, nicht eher hatte ausfindig gemacht. Der sog. Mandat d'amener, den er mir einhändigte und den ich noch besitze, bestätigte, daß meine Verhaftung schon ein ganzes Jahr vorher beschlossen ward. Daß meine endliche Verhaftung auf Requisition der badischen Gesandtschaft stattfand, dafür habe ich Beweise, von denen ich einen weiter unten anführen werde.

Es war im Monate Juni 1851, ich lag in tiefem Schlafe in meinem Bette, als ich morgens um etwa 5 Uhr aus dem Schlafe aufgerüttelt wurde. Vor mir stand ein starkbeleibter Mann mit der französischen Trikolorschärpe über der Brust und sagte zu mir „je vous arrête au nom de la loi!" Ich stand noch halb im Schlafe auf, kleidete mich auf Befehl sofort an und während ich dieses that, untersuchte der Mann alle meine Koffer, wozu er die Schlüssel verlangte, alle meine Papiere und eignete sich Verschiedenes an u. a. Briefe, Adreßbuch, andere Schriften, die ich nie wieder zurückerhielt. Der Mann mit der Trikolorschärpe und im schwarzen Frack war der Polizeikommissär des Quartier und er war begleitet von zwei Polizeiagenten in Zivil. Es war komisch anzusehen, wie der Kommissär und seine Agenten meine deutschen Papiere prüften, da doch keiner von ihnen ein Wort deutsch verstand. Bei der Untersuchung meiner Papiere sahen sie auch meine Kollegienhefte an. Unter diesen befand sich nun ein Heft über Pflanzenphysiologie mit Zeichnungen von den Vorlesungen meines Freiburger Professors Perleb. Keiner von den Herren verstand, wie gesagt, deutsch. Der Kommissär blätterte im Hefte, sah einige Zeichnungen von Blättern,

Blüten und Wurzeln und legte es beiseite mit den Worten: „C'est de la botanique!“ Unter dem botanischen Hefte lag aber eines ganz anderer Art und als der Polizeikommissär es in die Hand nahm, dachte ich, nun gehts schief. Es war ein von mir im ersten Exil 1848 in Straßburg verfaßtes Heft über Feldbefestigung, provisorische Befestigung, Barrikadenbau. Der Kommissär schlug das Heft auf und der günstige Zufall wollte, daß auf dem aufgeschlagenen Blatte die Zeichnung eines sog. Verhaues sich fand, einen Graben vorstellend in dem Bäume und Baumäste mit scharf zugespitzten Ästen, gegen den zu erwartenden Feind gerichtet, lagen. „C'est de la botanique aussi!“ sagte der Kommissär und legte das gefährliche Heft beiseite. Nach meiner Freilassung wanderte das Heft ins Kaminfeuer.

Nach vollendeter Untersuchung führte mich der Kommissär ab. Im Hause lag noch alles im tiefen Schlafe und der Hausherr hatte keine Ahnung von meiner Verhaftung. Die Hausthüre wurde dem Kommissär und seinen Agenten, ohne zu läuten, stille von einem Kellner geöffnet, der ohne Zweifel, wie so viele seiner Klasse, damals mit der Polizei in Verbindung stand und auf vorherige Verabredung öffnete. Man wollte mich überraschen und es gelang ihnen vortrefflich, denn sie schlichen die Treppe hinauf vor mein nicht verschlossenes Schlafzimmer und weckten mich in meinem Bette auf.

Ich ward zuerst nach der Station des Polizeikommissärs des Quartier geführt. Der Herr Kommissär reichte mir, aus welchem Grunde weiß ich nicht, höflich seinen Arm und so wanderten wir selband Arm in Arm nach der Polizeistation, gefolgt von den beiden Agenten. Auf der Station wurde der sog. procès verbal aufgenommen, und darauf ward ich von den zwei Agenten nach der Conciergerie geführt, in der in der ersten französischen Revolution sich so viele Schreckens-

scenen abgespielt haben. In der Conciergerie ist ein besonderes
getrenntes Gebäude für Gefangene der sog. besseren Klassen,
genannt la Pistole. In diesem wurde ich in ein großes
Gemach gebracht, in dem sich eine Gesellschaft höherer Ver-
hafteter, darunter schlechte Anwälte, Fälscher, Spitzbuben
höherer Klasse befand. Gegen 7 Uhr erhielt jeder von uns
einen Teller schwarzer Suppe zum Frühstück, die ich nicht
anrührte. Auf meinen Wunsch erhielt ich Briefpapier, Feder
und Tinte und schrieb an meinen Hausherrn M. Perret einige
Zeilen, um ihn meinetwegen zu beruhigen, indem ich ihn
versicherte, daß ich keines Vergehens wegen verhaftet worden
sei und meinem Schicksale ruhig entgegensehe.

Um 9 Uhr, nach einigen langen, bangen Stunden, ward
ich vor den Chef du Bureau des Réfugiés gebracht, einen
Herrn Namens Stropé. Es gab damals in der Polizeipräfektur ein besonderes Bureau für politische Flüchtlinge. M.
Stropé empfing mich mit dem lauten zornigen Ausrufe:
„Comment, vous voulez être martyr?" „Ich verstehe
Sie nicht!" antwortete ich — „ich will kein Märtyrer sein,
aber Sie machen mich zu einem." Darauf zeigte er mir
meinen Brief, den ich an meinen Hausherrn geschrieben, der
aber nicht abgesandt wurde und warf mir vor, daß ich darin
sage, daß ich allem ruhig entgegensehe, das mich befallen
möchte. Dies war in seinen Augen eine Anmaßung. Ich
sagte ihm, es wäre kein Zeichen von Anmaßung, sondern eines
ruhigen Gewissens. Darauf holte er einen Stoß
badischer Untersuchungsakten hervor, die der
Polizeipräfektur nur von der badischen Gesandtschaft mitgeteilt worden sein konnten, und warf
mir vor, daß ich ein großer Revolutionär wäre,
da ich nicht nur in Offenburg Zivil- und Mili-
tär-Kommissär, sondern auch Kommandant einer

revolutionären Batterie in der Festung Rastatt
gewesen sei. Ich erklärte ihm, daß ich nur eines von
beiden sein konnte, da Rastatt 12 Stunden Weges von Offenburg läge, und gestand meine Stellung in Offenburg zu. Ich
hörte nachträglich, daß einer namens Scheibel in Rastatt eine
Batterie kommandiert habe. Während, wie oben erwähnt ist,
ein Scheibel in Paris anstatt meiner verhaftet wurde und an
die Grenze transportiert werden sollte, so sollte ich nun zu
guter Letzt die Sünden eines andern Scheibel noch zu den
schweren meinigen tragen. Der gute Monsieur Stropé war
gereizt durch meine Erwiderung und wenig unterthänige Hal-
tung und ich weiß nicht, wie dies Verhör geendet hätte, wenn
nicht Dr. Thierry, Vizepräsident des Pariser Munizipalrats
und sein Sohn angemeldet worden wären.

Monsieur Stropé eilte Dr. Thierry unterthänigst entgegen und geleitete ihn in ein anstoßendes Zimmer. Nach
einiger Zeit kamen sie wieder heraus, Dr. Thierry und Sohn
begrüßten mich im Vorbeigehen und verließen das Bureau.
Ich war beiden bisher unbekannt gewesen. Von da an war
M. Stropé die Liebenswürdigkeit selbst und diese vergrößerte
sich womöglich noch, als gleich darauf mein Straßburger
Freund M. Bandsept, Mitglied der Assemblée législative
mich aufsuchte. Er, sowie Dr. Thierry wurden frühe morgens
durch Freunde von mir von meiner Verhaftung benachrichtigt
und veranlaßt, sich für mich zu verwenden. Die Freunde
wurden durch meinen Hausherrn von meiner Lage in Kenntnis gesetzt und diesen hat nach meiner Absendung in die
Conciergerie der Polizeikommissär, der mich verhaftet hatte,
informiert.

Man hatte beabsichtigt, mich ohne weiteres an die bel-
gische Grenze zu transportieren, wohin schon so manche deutsche
Flüchtlinge vor mir abgeschuppt worden waren. Infolge des

hohen Schutzes, den ich in der letzten Stunde erhielt, erlaubte man mir bis auf weiteres bei gutem Verhalten in Paris zu bleiben, nur mußte ich von Zeit zu Zeit eine neue Aufenthaltserlaubnis erhalten. So kam ich, nachdem ich um 5 Uhr aus dem Bette geholt worden war, zum Mittagessen wieder in mein gutes Hotel Britannique zurück zur großen Freude von Herrn und Madame Perret, den Besitzern, sowie meiner Freunde und Mitgäste und auch zu meiner eigenen. „Beat him, he has no friends" sagt ein englisches Sprichwort. Ohne Freunde wäre ich ohne Gnade und Barmherzigkeit weggejagt worden.

Allerdings war ich von da an ein sehr beobachteter Mann. Die Spitzel folgten mir hie und da, meine Briefe wurden auf der Post gelesen.

Ich saß einmal eines Nachmittags im Café de la Rotonde, rue de l'école de médecine mit einem Schweizer Arzte, Dr. Joß aus Schaffhausen. Wir sprachen ruhig deutsch über die Tagesereignisse. Dabei war im ganzen Gemache eine einzige Person, ein ältlicher Herr an einem Tische, eine Zeitung lesend. Den Tag darauf erhielt ich eine Vorladung vor den genannten Monsieur Stropé, der mich mit den Worten empfing: „Comment, vous parlez encore politique dans les cafés?" Die Sache hatte übrigens keine weiteren Folgen. Ich erinnere mich auch, daß, als ich im Vorzimmer saß, ehe ich zu M. Stropé eingelassen wurde, eine Anzahl von Leuten an mir vorbeigingen, die mich genau beobachteten und studierten. Als ich in die Polizeipräfektur kam und von da wieder nach Hause ging, waren die Vorzimmer, die Hallen, der Hof voll von Leuten in allen Anzügen, feingekleidete Herren, Männer in Blousen, selbst Damen in Karossen. Ich wunderte mich darüber, und ein wohlunterrichteter französischer Freund sagte mir, daß die von mir gesehenen Leute in

— 43 —

der Polizeipräfektur ihre Berichte abgestattet hätten. Paris lebte damals unter einem vollständigen Spioniersystem. Der Pförtner des Hauses, die männliche und weibliche Bedienung, die Kellner in Gasthöfen, Cafés und Restaurants, seine Herren und Damen, die die Salons der besten Gesellschaft besuchten — berichteten der Polizei.

Provisorische Aufenthaltserlaubnis, die jede Stunde gekündigt werden mochte und Examenstudien vertrugen sich zwar schlecht, aber ich ließ mich dadurch nicht irre machen. Ich hoffte auf bessere Zeiten für die Exilierten in Frankreich. Diese kamen wohl, aber zu spät für mich.

Trotz meiner Verhaftung und der Gefahr der Ausweisung, konnte ich doch einer großen Versuchung nicht widerstehen.

Es drängte mich gar sehr die erste große Weltausstellung in London 1851 zu sehen, über die alle Welt mit Erstaunen und Bewunderung sprach. Ich sparte mir das Geld dazu am Munde ab und gab englischen Medizinern deutschen Sprachunterricht. Im August, drei Monate vor dem Staatsstreich, reiste ich mit meinem Hausherrn, M. Perret, der früher lange in England gelebt, nach London ab. Ich erwähne diesen Umstand nur, da diese Reise auf mein späteres Leben einen entscheidenden Einfluß gehabt hat. Als Flüchtling konnte ich natürlich von der Heimat keinen Paß erhalten und die französische Polizei hätte mir auf meine Bitte wohl einen gegeben, aber einen Laufpaß, auf Nimmerwiedersehen. So wagte ich es denn mit dem Passe eines Mannheimer Bekannten die Reise zu unternehmen und kam glücklich via Havre—Southampton über den Kanal und nach vierwöchentlichem Aufenthalt in London wieder nach Paris zurück. Ein anderer mir bekannter deutscher Flüchtling war noch kühner als ich. Er reiste nämlich mit dem Passe einer jungen deut-

schen Dame mit ihrem Signalement: reiches, blondes Haar
mit dickem Zopfe, wallender Busen ꝛc. und kam ebenfalls
gut durch. Wieder ein anderer nahm als Paß seine lateinische Heidelberger Universitätsmatrikel mit, die ihm durch-
half. Die französischen Paßbeamten prüften den deutschen
Frauenpaß und die lateinische Matrikel mit ernster, scheinbar verständlicher Miene, und gaben sie den Besitzern zurück
mit den Worten: passez.

Von meinen Eindrücken in London, von dem wunder-
baren Kristallpalaste der Weltausstellung im Hydepark zu
sprechen, ist hier der Platz nicht. Ich besuchte in London
absichtlich keinen der deutschen Exilierten, da sonst meine Rückkehr unmöglich gewesen wäre. Sie standen damals alle unter
der Bewachung geheimer Polizeiagenten. Der einzige deutsche
Freund, den ich sah, war mein lieber, leider verstorbener
Universitätsgenosse Dr. Franz Mittermaier, der sich auf der
Reise nach Madeira befand, wo er Heilung von einem bösen
Lungenleiden suchte und erhielt. Es war unser erstes Wiedersehen seit meiner Verhaftung im Jahre 1847.

Ich will von diesem Besuche nur noch eines Umstandes
Erwähnung thun. Ich wurde nämlich in London sehr oft
von Engländern — ich sprach schon ein wenig englisch —
über die bevorstehende Ziehung der berüchtigten „Loterie
des Lingots d'or“ gefragt, wovon in England zahlreiche
Lose abgesetzt worden waren. Diese Lotterie war bekanntlich
ein großer Schwindel, bestimmt, Napoleon das Geld für seinen
Staatsstreich zu verschaffen. Die Lingots, die in Paris aus-
gestellt waren, repräsentierten, wenn ich mich recht erinnere,
einen Wert von 700 000 Millionen Francs, waren aber
Fälschung, völlig wertlos. Die Sache stand unter der Leitung des Seine-Präfekten Carlier. Ich selbst, ich gestehe es,
besaß einige Lose und trug so eine kleine Summe zum Staats-

streiche bei. Napoleon war gänzlich mittellos, stak tief in Schulden und hatte in kurzer Zeit von seinem Amt als Präsident abzutreten. Der Lotterieschwindel lieferte ihm die Mittel zur Vorbereitung des Staatsstreiches, bis er dann seine Hand auf die Banquo de France legen konnte. Nach dem Staatsstreiche sprach man nie mehr von der Loterie des lingots d'or.

Mein Besuch Londons hatte, wie ich oben sagte, einen großen Einfluß auf meine spätere Lebensbahn. Es war eine Rekognoszierung. Ich lernte das Land und die Leute etwas kennen, die mich beide anzogen, ich studierte darauf in Paris fleißig englisch und machte mich mit dem Gedanken vertraut, dahin meine Schritte zu lenken, im Falle ich Frankreich verlassen müßte und nicht, wie fast alle meine Schicksalsgenossen, nach den Vereinigten Staaten zu wandern. Als ich das zweitemal England besuchte, sprach ich ziemlich geläufig englisch und fand mich leichter zu Hause.

# V.

## Der Staatsstreich in Paris Dezember 1851. — Meine Gefahr. — Ein deutscher Spion. — Spioniersystem.

Mit dem Staatsstreiche, den ich in Paris mit mehreren Freunden, u. a. dem Maler Anselm Feuerbach, erlebte, nahm die Strenge gegen die Exilierten in hohem Grade zu, und manche, die sich bis dahin gehalten, mußten den Wanderstab ergreifen. In die Schreckenstage des Staatsstreiches, die Bestialität der Soldateska, die nächtlichen Erschießungen Gefangener auf dem Marsfelde, die ich in meinem Bette hören konnte, kann ich mich hier nicht einlassen. Ich will nur einen Umstand erwähnen, der mich selbst betrifft. Ich begab mich den zweiten Tag nach dem Staatsstreich, als der Kampf an dem Pont de Change wütete, von meiner Wohnung im Lateinischen Viertel, begleitet von einem verstorbenen Schweizer Freunde, namens Wiedmer, Lehrer an der Kantonsschule in Zürich, die rue St. Jacques hinab, um mich in das von mir oft besuchte Hospital Hôtel-Dieu auf der Cité zu begeben, zum Zwecke, dort meine Hilfe für die zahlreich eintreffenden Verwundeten anzubieten. Ich muß vorausschicken, daß das Militär den Befehl erhalten hatte, die Straßen zu kehren, balayer les rues, d. h. ohne Aufforderung Alle niederzustechen oder zu schießen, die ihnen in den Weg kamen, auch solche ohne Waffen. Als wir obige Straße hinab nach der Cité gingen, hörten wir ein Getrampel hinter uns und sahen eine Abteilung sog. Chasseurs de Vincennes mit gefälltem Bajonette im Laufschritt gegen uns heranziehen. Im Augenblicke waren alle in der Straße befindlichen Leute in den Häusern verschwunden. Die alten Häuser der Straße hatten große Hofthore, welche die Pförtner, Concierges, zur Zeit geöffnet hielten und sofort nach Eintritt der Leute schloßen. Freund Wiedmer und ich fanden uns noch allein in der Straße, die betrunkene Soldateska kam näher, als sich plötzlich ein Thor öffnete und uns eine Stimme zurief: entrez vite! Wir rannten hinein, das Thor schlug zu und im nächsten Augenblicke stießen schon die Bajonette der Soldaten an die festgeschlossene Thüre. Sie eilten weiter, um die Straßen zu kehren, ich aber, als es ruhiger geworden, gab meinen Plan auf, im Spital Verwundete zu pflegen und begab mich durch kleine Seitengäßchen nach meiner Wohnung, wo ich ruhig blieb, bis der Kampf vorüber war.

Die Lage des Exilierten war während des Staatsstreiches eine sehr kritische. Eine einzige Denunziation durch einen Polizeispion hätte sein Schicksal besiegelt. Die Art und Weise, Denunzierte abzuurteilen, war kurz und einfach. Ein Polizeiagent führte seinen Denunzierten nach der Conciergerie, in der Cité, und berichtete einem wachhabenden Offizier. In kurzer Zeit brachte er den Soldaten im Hofe einen Befehl. Die letzteren stellten den Gefangenen an die Wand und erschossen ihn sofort. Man hatte damals keine Zeit noch Raum für Gefangene, und die Soldaten waren rasend und betrunken. Napoleons Mittel war, durch Schrecken jeden Widerstand zu lähmen. Das Mittel bewährte sich.

Von den in Paris weilenden fremden politischen Flüchtlingen wurden nur die Deutschen verfolgt. Um die österreichischen, ungarischen und italienischen Flüchtlinge kümmerte sich die Polizei nicht — mit Ausnahme Mazzinis, der sich aber den Blicken der Spitzel entzog und nur hie und da in Frankreich weilte. Die früheren polnischen Flüchtlinge erhielten sogar vom Staate eine Pension. Man warf sich damals noch nicht vor Rußland auf den Bauch. Ich verkehrte sehr viel mit einem Freund Mazzinis, Dr. med. Salvi, der in meiner Nähe im Hause des berühmten Erfinders der Guillotine, Dr. Guillotin, wohnte, und den man ruhig in Paris leben ließ. Die Anstifter der Verfolgungen der deutschen Flüchtlinge waren die deutschen Gesandten in Paris, die alles aufboten, sie zu entfernen. Es bestand damals, wie ich schon erwähnt habe, in der Polizeipräfektur in Paris ein ganz besonderes Bureau des réfugiés mit einem besonderen Haupte, dessen Bekanntschaft ich selbst gemacht hatte.

Die strenge Behandlung und Bewachung der deutschen Flüchtlinge veranlaßten mich, sehr zurückgezogen in der genannten französisch-englischen Pension zu leben, in dem Hause, das ehemals Danton gehört hatte, am Eingang der Cour du Commerce, rue de l'école de Médecine. Ich lebte fast ganz meinen Studien, fern von aller Politik. Mit Landsleuten verkehrte ich in der Société Médicale Allemande, von Flüchtlingen sah ich hie und da den schwäbischen Dichter Ludwig Pfau, sehr oft den badischen Diktator Amand Goegg und meinen badischen Landsmann Eugen Oswald, den ich später wieder in London traf, intim verkehrte ich mit meinem lieben Freund Dr. med. Eduard Bronner, später hochangesehener Arzt in Bradford, im Norden Englands. Oswald war Sekretär des edlen Wilhelm Adolf von Trützschler gewesen, der im August 1849 in Mannheim erschossen wurde. Auch mit einigen hochbegabten deutschen Künstlern verkehrte ich häufig, mit Anselm Feuerbach, Henne-

berg, Karl Roux und Viktor Müller von Frankfurt. Sie
sind jetzt alle tot. Henneberg beobachtete ich oft in seinem
Atelier, als er sein Bild „Die wilde Jagd" malte, das ihn
auf einmal berühmt machte und für ihn eine goldene Denk-
münze bei der Pariser Bilderausstellung gewann. Er war
zu meiner Zeit in Heidelberg Student der Rechte, machte sein
Examen, gab sein Fach sofort auf und ward Künstler. Er
starb noch jung in Rom. Roux starb 1894 als großherzog-
licher Galeriedirektor im Mannheimer Schlosse. Anselm Feuerbach sah ich oft an seinem Bilde „Hafis in der Schenke"
arbeiten. Vor seiner Heimreise machte mir der große, so
lange verkannte, geprüfte Künstler zum Andenken ein schönes
Geschenk. Es ist dies eine prachtvolle, ausdrucksvolle Ölskizze,
ein Selbstporträt von ihm, nach Ansicht seiner Mutter, der
so aufopfernden Frau Hofrat Feuerbach, sein bestes Selbstporträt. Das Bild begleitete mich nach England und folgte
mir später in die alte Heimat. Es ist in der Liste seiner
Werke in dem von seiner trefflichen Mutter nach seinem Tode
herausgegebenen Buche: „Ein Vermächtnis von Anselm Feuerbach" noch nicht angeführt, da man bis vor kurzem von
seiner Existenz noch nichts wußte. Seine obengenannten
Künstlerfreunde in Paris bewunderten daselbst das so schnell
entworfene, schöne Bild.

Daß die Korrespondenz der Flüchtlinge in Frankreich
ebenso beobachtet war, wie sie selbst, ist wohl anzunehmen,
obgleich das sog. Cabinet Noir der Post sich noch mit viel be-
deutenderen Briefen beschäftigte, als die der armen Exilierten.
Trotz meines sehr zurückgezogenen Lebens hat das schwarze
Kabinett auch meiner unschuldigen Korrespondenz seine Aufmerksamkeit gewidmet. Briefe an meinen Vater in Offenburg
kamen entweder gar nicht oder verstümmelt an. Von einem
zehn Seiten langen Briefe erhielt mein Vater einmal nur die

zweite Hälfte. Daß die Polizei genau wußte, was ich ge-schrieben, habe ich auf dem bureau des réfugiés, vor das ich deshalb geladen wurde und vor meiner Ausweisung erfahren. Karl Blind erhielt einmal in Brüssel einen Brief aus Frank-reich, in dem sich noch ein anderer an einen ihm unbekannten Banquier in Brüssel befand. Wie kam der Brief in den seinen? Der Banquier war empört, als ihm Blind den Brief zustellte. Die Erklärung ist einfach. Auf dem ambulieren-den Postbureau der französischen Eisenbahn wurden Briefe geöffnet und gelesen, besonders an bezeichnete Personen. In der Eile, vor Ankunft in Brüssel geriet der Brief an den Banquier in den geöffneten an Karl Blind, als letzterer wieder zugeklebt wurde.

Daß das Cabinet Noir aber noch ganz andere Leute kontrollierte, beweist folgendes frappantes Beispiel.

Im Jahre 1870, nach dem Sturze Napoleons, erschien eine Anzahl von Heften, betitelt Documents Authentiques Annotés. — Les Papiers Secrets du Second Empire.“ Die Hefte erlebten viele Auflagen und erhielten die Autori-sation einer Kommission, gewählt von dem „Gouvernement de la Défense Nationale,“ nebst andern, unterzeichnet von Gambetta, Minister des Innern.

Im ersten unter der Kontrolle der Regierung veröffent-lichten Hefte, S. 52, ist ein Brief von General Ducrot, Ancien Commandant de Strasbourg, an General Trochu. Dieser Brief, datiert 7. Dezember 1866, ist im Cabinet Noir der Post geöffnet worden, dessen Angestellte, wie es bei wichtigen Briefen Gebrauch war, ehe sie den Brief an den Adressaten abgehen ließen, einen Auszug davon machten. In diesem Auszuge kommt am Ende folgende Stelle vor:

„Seit einiger Zeit durchziehen zahlreiche preußische Agen-ten unsere Grenzdepartements, besonders die zwischen der

Mosel und den Vogesen; sie sondieren die Stimmung der Bevölkerung, beeinflussen die Protestanten, die in diesen Gegenden zahlreich sind und welche viel weniger Franzosen sind, als man im allgemeinen glaubt. Diese sind in der That die Söhne und Enkel derselben Männer, welche 1815 zahlreiche Deputationen in das Hauptquartier des Feindes schickten, um zu verlangen, daß das Elsaß wieder zum deutschen Vaterlande zurückkehre. Diese Thatsache verdient notiert zu werden, da sie zudem die Pläne des künftigen Feldzuges der Feinde aufklären dürfte." Ducrot.

Ich führe obiges Schreiben hier nur an in Beziehung auf das Cabinet Noir. Wie viel Wahres sich im Briefe des sehr unglaubwürdigen Schreibers General Ducrot findet, will ich hier nicht untersuchen. Die Tendenz des Briefes war gegen die Protestanten zu hetzen, und dies stimmt ganz zu der damals beabsichtigten Hetze gegen die Protestanten, unter Kaiserin Eugenies Leitung. Im Elsaß hieß es 1870 „zuerst geht's an die verdammten Preußen, dann an' unsere Preußen", d. h. die Protestanten. Es existierten sogar Proskriptionslisten gegen sie. Diese Thatsache wurde mir von einem durch und durch französisch gesinnten Deutsch-Lothringer, der 1871 für Frankreich optierte, als unzweifelhaft mitgeteilt.

Da ich oben von der Verfolgung deutscher Flüchtlinge in Frankreich sprach und von der Verletzung des Briefgeheimnisses, so will ich noch eines deutschen Spiones hier Erwähnung thun, dessen persönliche Bekanntschaft ich in Paris gemacht habe. Bald nach meiner Ankunft daselbst lernte ich einen deutschen Arzt, Dr. Rhode, kennen, ein Hannoveraner glaube ich und mit einer Bayerin verheiratet. Er war im Umgang ein sehr freundlicher, liebenswürdiger Mann und

als burschenschaftlicher Flüchtling in den 30ger
Jahren nach Paris gekommen. Er lud mich in seine
Wohnung ein, und ich besuchte ihn hie und da, da ich mich
bei ihm heimisch fühlte. Eines Tages aber warnte man mich
vor seiner Gesellschaft und teilte mir mit, daß man glaube,
er stehe mit der Geheimpolizei in Verbindung. Ich hielt
den Verdacht für ungerecht. Darauf entwarfen einige deutsche
Flüchtlinge einen Plan, ihn auf die Probe zu setzen. Sie
teilten ihm unter dem Siegel des Geheimnisses mit, daß
Gustav Struve von Amerika in Paris angekommen wäre und
unter einem angenommenen Namen, Müller glaube ich, in
einem gewissen, ihnen gut bekannten, von ihnen frequentierten
Hotel in der rue de Rivoli wohne. Die Mitteilung war
erfunden. Es dauerte nicht lange, und die französische Polizei
suchte Struve-Müller im bezeichneten Hotel auf. Damit war
der gute Mann entlarvt, und seine Landsleute mieden ihn.
Er soll sich darauf an denen gerächt haben, die ihm die
Falle gelegt hatten, indem er ihre Ausweisung bewirkte.

Trotz alledem konnte ich an seine Schuld nicht ganz
glauben, ich konnte nicht umhin, den Mann zu bedauern.
Er könnte ja die Nachricht, die Struve betraf, einem andern
mitgeteilt und dieser der Polizei davon Anzeige gemacht haben.
Ein deutscher Burschenschafter französischer Spitzel wäre ja
ein trauriger, ja unmöglicher Sündenfall. Und doch mußte
ich mir gestehen, wäre es der einzige Fall der Art nicht gewesen, der mir bekannt ward, und Hunger und Elend haben
manchen andern, früher ehrbaren Mann zu demselben Falle
gebracht. Der Burschenschafter Jakob Venedey sagte u. a.
über die Flüchtlinge der 30ger Jahre, „daß die große Mehrzahl derselben moralisch zu Grunde gegangen wäre, daß über
manche derselben herzzerreißende Scenen tiefen, inneren Elends,
wie sie selten erlebt worden sind, aufgedeckt werden könnten.“

Ich hielt es indes doch für ratsam, mich von Dr. Rhode fern zu halten, und meines Wissens wenigstens scheint er mir dies nicht nachgetragen zu haben.

Ich hatte Paris verlassen und Dr. Rhode inmitten meines Kampfes ums Leben in London vollständig vergessen, als ich zur Zeit des Krimfeldzuges (1854—55) in französischen Blättern in London las, daß ein Dr. Rhode, ein Angestellter der französischen Geheimpolizei, verhaftet worden wäre, weil er Rußland Informationen über französische Armeeangelegenheiten verschafft habe. Er wurde als Deserteur von der französischen Polizei infolge dessen vom Gerichtshofe zu drei Jahren Gefängnis verurteilt. So hatten meine deutschen Freunde in Paris doch recht, der Verdacht gegen Rhode war gerechtfertigt.

Es vergingen inzwischen wieder einige Jahre, als ich eines Tages in Bedfordsquare in London zu meiner Überraschung dem Dr. Rhode begegnete. Ich erkannte den Mann sofort, er aber sah mich, in Mitte vieler Fußgänger nicht, und ich eilte hastig an ihm vorüber. Es war dies unsre letzte Begegnung, und ich hörte und sah nichts mehr von ihm. Er hatte offenbar, nach Absitzung seiner Gefängnisstrafe, den Weg einschlagen müssen, den er in früheren Jahren manchen deutschen Flüchtling einzuschlagen veranlaßt hat, er war des Landes verwiesen worden.

Es waren seit dieser Begegnung wieder einige Jahre verflossen, und ich hörte nichts vom alten Dr. Rhode. Eines Abends nun, als ich beim Nachhausegehen die großen Zeitungsplakate vor einem Zeitungsladen sah, die nach englischer Sitte auf Brettern vor dem Laden zur Besichtigung der Vorübergehenden aufgestellt oder gehängt werden, mit den Inhaltsanzeigen der im Laden zu habenden Zeitungen, fiel mir ein feuerrotes Plakat auf mit Inhaltsanzeige des Blattes des

Anarchisten Most, „Freiheit“ betitelt, das einige Zeit in London erschien, bis ihm die Regierung den Garaus machte. In der Inhaltsangabe des Most'schen Blattes fielen mir die Worte auf: „Tod des edeln Freiheitskämpfers Dr. Rhode.“ Ich kaufte gierig das Blatt, das einen warmen Nachruf an meinen alten Pariser Bekannten enthielt, seine Bemühungen um die Hebung der menschlichen Gesellschaft schilderte, seiner Opfer und Leiden für seine Grundsätze erwähnte und den Tod des Freiheits-Märtyrers meldete, der vor kurzem in Liverpool aus diesem Leben geschieden sei.

Der gute Rhode hatte merkwürdige Umwandlungen in seinem Leben durchgemacht: deutscher Burschenschafter — französischer Polizeiagent — Agent Rußlands — Anarchist. Heutzutage, wo Frankreich so sehr um die russische Freundschaft buhlt, würde Rhodes Information, die er der russischen Regierung ehedem geliefert, nicht mehr mit Gefängnis, Ausweisung bestraft, sondern belohnt und ausgezeichnet werden.

Jakob Venedey sagt in seiner Zeitschrift „Der Geächtete“, die von 1834 an einige Zeit in Paris erschien, folgendes: „Der k. k. österreichische Aktuar der Bundeszentralbehörde zu Frankfurt a. M., Herr Thinelli, ein äußerst thätiger Diener Metternichs, hat unter dem 14. Mai 1834 mit Hilfe seiner Spione eine Liste aller deutschen Flüchtlinge, die ihm bekannt, aufgestellt, mit Angabe des Namens, der Heimat, des Standes, des Grundes und Zeitpunktes der Entfernung, Signalement und, was der sicherste Beweis von der unermüdlichen Thätigkeit der Spione des deutschen Bundes ist — sogar den Aufenthalt angegeben. Diese Liste ist allen Polizeibehörden in Deutschland, und ohne Zweifel auch in angrenzenden Ländern, zugesandt worden. . . . . . Diese Liste war schon längere Zeit in Paris in den Händen der Polizei und der deutschen Gesandtschaften. Wir beabsichtigen nächstens, als Gegenstück, eine Liste von Spionen, nach dem Muster der obigen mitzuteilen." Ich weiß nicht, ob Venedey je eine solche Liste verfaßt hat. Mir ist keine bekannt.

Dasselbe deutsche Spionagesystem, das in den 30ger Jahren in Ausübung war, wurde auch später, nach den Bewegungen von 1848/49, fortgesetzt. Im Jahre 1848 spielte das Spionenwesen in Baden schon eine Rolle und eigentümlicherweise schien dasselbe von Paris aus geleitet worden zu sein. In der abenteuerlichen Herwegh'schen Legion kamen von Frankreich nach Straßburg und später nach Baden herüber unzweifelhafte Spione. Mit den 48ger Flüchtlingen in Straßburg verkehrten Deutsche, die mit der französischen Polizei in Verbindung standen, darunter ein namhafter Autor eines Spionagebuches. Fritz Hecker hatte in seinem Flüchtlingslager in Muttenz in der Schweiz und in seiner Umgebung, wenn er nach Straßburg kam, einen oder mehr solcher aufmerksamen Beobachter. Daß die badische Regierung auf ihre flüchtigen Landeskinder ein wachsames Auge richtete, habe ich schon bei Erwähnung meiner Verhaftung in Paris bewiesen. Einen ferneren Beweis bietet folgender Umstand, den ich nur anführe, weil er meine Person betraf. Mein lieber, alter Freund, Dr. med. Karl Mittermaier, der im Jahre 1850 eine Zeit lang in Paris die Hospitäler besuchte und mit dem ich, solange er da war, zusammenwohnte, besuchte nach Heimkehr die Anstalt für Geisteskranke Illenau. Während seines Aufenthaltes in Achern wurde er vor das Amt zitiert, um Erklärungen über seine näheren Beziehungen zu mir abzugeben. Die badische Polizei war informiert worden, daß Mittermaier Briefe von einem so gefährlichen Menschen, wie ich, erhalten hätte, worüber natürlich die Regierung des Landes in gewaltige Aufregung geriet.

Im Lichte betrachtet war die Anwendung eines Spionage-

ſyſtems von ſeiten der deutſchen Regierungen und ihrer Geſandt-
ſchaften vollſtändig unnötig, ein Beweis unbegründeter Furcht.
Was konnten die burſchenſchaftlichen Flüchtlinge, die zerſtreut
im Exile lebten, gegen ihre Regierungen unternehmen? Was
die, welche, nach dem Niederſchmettern der Bewegungen von
1848/49 von der Heimat verjagt, teilweiſe in allen Welt-
gegenden wohnten? Was für Geheimniſſe konnten die Spione
aus ihnen herauskriegen? Sie waren alle machtlos, einfluß-
los, ungefährlich. Von den einflußreichſten deutſchen Exilierten
kenne ich keinen einzigen, der ſeiner heimatlichen Regierung
hätte gefährlich werden können, ſelbſt wenn er es gewollt hätte.
Aber keiner dachte daran es zu wollen, weil er wohl wußte,
daß ein ſolches Wollen wirkungslos geblieben wäre. Zudem
fanden ſich die meiſten Exilierten in ungünſtiger Lage. Sie
alle hatten ihre Berufsſtellung, viele ihr Vermögen verloren,
und allen war es ſchwer, in fremdem Lande ſich eine neue
Exiſtenz zu gründen. Gar viele hatten mit Not und Elend
zu kämpfen. Ihre Rückkehr in die verlorene Heimat war nur
möglich durch einen Umſchwung in dieſer Heimat ſelbſt und
daran war nicht zu denken. Die Hetze der im Auslande
lebenden Flüchtlinge, mittels gedungener Spione, die ſie nir-
gends zur Ruhe kommen ließen, ſie auf Schritt und Tritt
verfolgten, war daher eine Grauſamkeit, die ſich durch Not-
wendigkeit nicht entſchuldigen läßt. Mancher bis zur Er-
ſchöpfung Verfolgte iſt infolgedeſſen zuſammengebrochen, um
ſich nicht wieder zu erheben.

Von den Exilierten anderer Länder war ſelbſt ein Mann
wie Koſſuth vor dem franzöſiſch-öſterreichiſchen Kriege völlig
machtlos. Der einzige, der nicht machtlos war, war Joſeph
Mazzini und dieſer hatte beſſere Spione in ſeinem Dienſte
als alle italieniſchen Regierungen zuſammen. Er wußte von
letzteren alles, und ſie wußten von ihm nichts.

Wenn man dazu noch die Klasse von Leuten in Betracht
zieht, die Spionendienste leisteten, so kann man sich leicht
vorstellen, welche absurde Schwindelberichte diese ihren Dienst=
herren lieferten, denn um ihr Brot zu behalten, mußten diese,
jeder ehrenhaften Beschäftigung unfähigen Menschen, irgend
etwas berichten, wenn auch Erlogenes. Es ließe sich aus
solchen Berichten eine amüsante Sammlung veranstalten, die
vielleicht einmal ein Polizeibeamter vernünftiger Zeiten als
Kulturbild des 19. Jahrhunderts veröffentlichen wird. Wenn
dem Spione der Stoff zu einem Berichte fehlte, so suchte er,
wie gesagt, einen solchen zu erfinden oder zu produzieren.
Es lebte zu meiner Zeit in Paris ein deutscher Exilierter,
der in der heimatlichen Bewegung eine sehr hohe Rolle ge=
spielt hatte. Er war gutmütig und etwas leichtgläubig und
ließ sich überreden, eine geheime Verbindung zum Zwecke po=
litischer Agitation zu gründen. Diese Verbindung bestand
nur aus 7 Personen, von denen, wie es später herauskam,
mein exilierter Freund der einzige ehrliche Mann und sechs
davon Spione waren. Er hat aber bald darauf als Ver=
schwörer das Land verlassen müssen. Es erinnerte mich dieser
Fall an Fouché, der einst zu Napoleon sagte: „Sire, Sie
können sicher sein, daß wenn sich in Paris drei Leute ver=
schwören, einer von diesen in meinem Solde ist." Ich las
einmal, als ich noch in Paris lebte, eine von einem franzö=
sischen Polizeimann verfaßte, in Paris gedruckte Schrift, welche
die gefährlichsten Verschwörer und Demagogen Europas auf=
führte, und unter diesen fand ich den Namen des hochbejahrten
liebenswürdigen, berühmten Juristen der Universität Heidelberg:
Professor Mittermaier!

Mißtrauen, Verdacht säen ist der einzige traurige Erfolg
des Spioniersystems. Es wirkt demoralisierend nicht allein auf
die politisch Verdächtigen, sondern auch auf die ganze Gesell=

schaft, es erregt dem Freunde Zweifel am Freunde, dem Bruder am Bruder, Verdacht gegen unschuldige, ehrenwerte Männer. Mein Freund Arnold Ruge hat mir einmal gestanden, daß er und seine Freunde lange Zeit den Berliner Exilierten J. Schönemann zu London im Verdacht hatten, ein Spion zu sein. Schönemann war sehr reserviert und schweigsam. Später ist er ein intimer Freund Ruges geworden. Beide starben hochbejahrt im Lande ihres Exiles, in England. Unter dem dritten Napoleon war ganz Paris mittels Spionierwesens vergiftet, kein Haus, keine Familie war sicher vor der Seuche; Pförtner, Hausbediente, Hausmädchen, Kellner, kurz alles war der Denunziation verdächtig. Indem das System Spione schafft, schafft es eine Legion Spitzbuben und durch diese ruft es allgemeines Mißtrauen hervor, demoralisiert die ganze Gesellschaft. Ja die, welche Spione anwenden, stehen selbst als Menschen auf einer moralisch tiefen Stufe. Von obigen Bemerkungen sind natürlich militärische Kundschafter ausgeschlossen.

# VI.

**Promotion in Basel. — Anerbieten eines französischen Postens. — Ausweisung.**

Ehrendiplome. — Abreise nach Calais. — Nach Ankunft daselbst. — Abfahrt. — Fahrt auf dem Dampfer. — Ankunft in London.

Obschon ich mit zahlreichen Zeugnissen versehen war, die den Besuch der Vorlesungen und Hospitäler in Paris bestätigten, ward ich nicht zum medizinischen Examen zugelassen und mir jede Aussicht dazu von seiten von Autoritäten benommen. Es schien das Schicksal die Frucht meiner jahrelangen medizinischen Studien, das medizinische Diplom, mir auf immer verweigern zu wollen. Ich wünschte den Plan, mich im Elsaß niederzulassen, aufzugeben. Aber mein kranker Vater wünschte, daß ich fernerhin in Paris bliebe, und so blieb ich hoffnungslos hoffend. Einen Antrag, als gut salarierter Arzt einer Goldminenkompagnie nach Peru zu gehen, lehnte ich aus denselben Gründen ab.

Teils um meinen guten Vater zu befriedigen, teils auch für meine künftige Lebensbahn ein Dokument meiner Studien zu besitzen, wandte ich mich an die eidgenössische Universität Basel mit der Bitte um Zulassung zum medizinischen Examen. Diese ließ mich kraft meiner zahlreichen Studienzeugnisse, worunter 17 offizielle, von der medizinischen Fakultät legalisierte,

von den damals ersten Pariser medizinischen Größen, zum
Examen zu. Ich bestand im Januar 1853 mein Vorexamen
und beantwortete die sog. Tentamenfragen: anatomisch-phy-
siologische, chirurgische, pathologische, therapeutische, pathologisch-
anatomische, medico-botanische Fragen. Nach dieser Vor-
prüfung bearbeitete ich, als zweite Probe für die Promotion,
eine Inauguraldissertation: „Über Croup und Tracheotomie"
und nach Gutfinden dieser wurde ich von der Universität Basel
im April 1853 zum Doktor der Medizin und Chirurgie ernannt.
Obige Dissertation erschien bald darauf im Druck und wurde
anerkennend von Professor Friedreich in Heidelberg in seinem
Werke: „Krankheiten des Larynx", ferner von Professor Virchow
in seinem Handbuch und in Schmids Jahrbüchern genannt.

Es drängt mich, an dieser Stelle eine mir sehr liebe
Erinnerung anzuführen, ein kurzer Sonnenblick durch dunkeln,
stürmischen Himmel. Im Juli 1853 wurde ich in Paris
durch den Besuch meines lieben Heidelberger Universitäts-
freundes Adolf Kußmaul freudig überrascht. Ich hatte ihn
anfangs 47 kurz vor meiner Verhaftung zum letztenmal gesehen. Als praktischer Arzt in Kandern, im badischen Schwarzwald, hatte er sich, infolge anstrengender Praxis ein schweres
Leiden zugezogen. Nachdem er sich teilweise davon erholt,
suchte er mich in Paris auf und er überredete mich, mit ihm
nach der See zu reisen. Wir gingen zusammen nach Sanvic,
ein Dörfchen hoch auf den Klippen bei Havre, wo wir einige
Wochen täglich im Meere badeten. Die Bäder bekamen ihm
vortrefflich und stärkten auch meine angegriffene Gesundheit
für baldige neue harte Prüfungen. Der Umgang mit dem
alten Freunde ließ mich meine traurige Lage eine Weile vergessen. Nach Rückkehr in Paris trafen wir Frau Kußmaul,
mit der wir daselbst noch einige vergnügte Tage verlebten.
Der Freund kehrte sodann mit seiner Frau nach Deutschland

zurück und begann wieder in Würzburg seine Studien, um sich dem akademischen Lehrfach zu widmen, mit welchem Erfolge, ist allgemein bekannt. So war das Kußmaul zugestoßene Unglück, das ihn zwang, seine Praxis aufzugeben, ein Glück nicht für ihn nur, sondern auch für die leidende Menschheit.

Im Spätsommer 1853 wurde mir ein Posten unter dem französischen Ministerium der auswärtigen Angelegenheiten angeboten. Meine Aufgabe sollte sein: die deutsche Presse zu überwachen und zu beeinflussen. Ich lehnte indigniert das Anerbieten ab. Es dauerte aber nicht lange, und ich erhielt von der Polizei die Mitteilung meiner Ausweisung, mit dem Bedeuten, daß mir Frankreich künftig und auf immer verschlossen wäre, und zum zweitenmale schickte ich mich an, in ein fremdes Exil zu wandern.

Ehe ich aber Frankreich verließ, ernannte mich d i e  G e s e l l s c h a f t  d e u t s c h e r  Ä r z t e  u n d  N a t u r f o r s c h e r  i n  P a r i s einstimmig zu ihrem korrespondierenden Mitgliede und zur selben Zeit wurde ich mit dem Diplom eines korrespondierenden Mitgliedes des  V e r e i n s  b a d i s c h e r  Ä r z t e  z u r  F ö r d e r u n g  d e r  S t a a t s a r z n e i k u n d e beehrt. Letztere Ehre wurde von mir besonders noch deshalb hochgeschätzt, weil sie von einer hochangesehenen Gesellschaft meines mir verschlossenen Vaterlandes kam. Sie gab mir neuen Mut für die Schicksalsproben, die meiner warteten.

Nachdem mir meine Ausweisung aus Frankreich verkündet worden war, gab man mir noch eine Frist von einigen Tagen, um meine Angelegenheiten zu ordnen. Man ließ mir die Wahl zwischen Belgien und England. Ich wählte letzteres. Sodann schrieb man mir den Tag meiner Abreise, und, nachdem ich die Reise via Calais gewählt, den bestimmten Eisenbahnzug vor. Meine Reiseroute war Calais und von da per Dampfer die Themse hinauf bis nach Londonbridge. Da-

mals brauchte man, um von einer französischen Kanalhafen-
stadt nach England zu reisen, einen sog. permis d'embar-
quement. Alle mit meinem Zuge Reisenden mußten sich
daher nach Ankunft in der Station von Calais in ein dort
befindliches Büreau des anwesenden Polizeikommissärs begeben,
um von ihm mittels Vorzeigens ihrer Pässe die Erlaubnis zur
Einschiffung zu erhalten. Als ich dem Kommissär meinen
Sauf-conduit vorlegte, sagte er mit herrischem Tone zu mir:
„Stehen Sie beiseite, bis ich die Herren und Damen absol-
viert habe." Meine Reisegefährten sahen mich alle natürlich
mit argwöhnischen Blicken an. Nachdem er die andern be-
dient hatte, wandte er sich an mich und sagte, daß man ihm
meine Ankunft schon angemeldet habe, und daß er beauftragt
wäre, mir zu erklären, daß ich von nun an den französischen
Boden nie wieder betreten dürfe. Ich verabschiedete mich mit
der Versicherung, daß ich nicht daran dächte, ihn sobald wieder
zu betreten und bestieg den englischen Dampfer mit einem
unbeschreiblichen Gefühle der Erleichterung wie einer, der nach
langer Haft seine enge, dumpfe Kerkerzelle verläßt.

So endete mein vierjähriges Exil in Frankreich. Ich
suchte ein neues Asyl. Es war dies die für mich wichtigste
Wanderung meines Lebens.

Es war anfangs November 1853, als ich den englischen
Dampfer im Hafen von Calais bestieg, um von da die
Themse aufwärts nach London zu fahren. Von Deutschland
exiliert, von Frankreich verjagt, fuhr ich getrosten Mutes
Alt-England zu, das schon zur Zeit der Reformation Tausende von Hugenotten aufgesucht und das in letzter Zeit politischen Exilierten aller Länder ein Asyl geboten hat. Mein
Herz war voller Hoffnung, und diese Hoffnung ward durch
die lange, stürmische Seefahrt nicht gedämpft. Ein aber-
gläubiger Mensch hätte die sturmbewegte See, den dichten

Novembernebel für eine böse Vorbedeutung angesehen. Ich verglich das Bild mit dem meines Lebens und hoffte nach Sturm und Nebel Ruhe und Sonnenschein zu erleben.

> Und was die inn're Stimme spricht,
> Das täuscht die hoffende Seele nicht.

Der Anblick auf dem Verdecke war zwar gerade nicht erfreulich. Fast alle Mitreisenden waren seekrank. Ich ward es nicht. Ich bin, nebenbei gesagt, bei meinen 70—80 See-fahrten über den Kanal nach Frankreich, Belgien, Holland und Hamburg nie seekrank geworden. So saß ich ruhig und in Gedanken vertieft auf einer Bank des Verdeckes, als sich eine alte Dame neben mich setzte und zu meiner Überraschung und Verlegenheit ihr Haupt auf meine Schulter legte. Ver-legen sah ich auf sie herab. Auf einmal ertönte ein gur-gelndes Ächzen und im nächsten Augenblicke ergoß sich ein Lavastrom über meine Brust und Beine. Die Seekrankheit hat mich aus Rache, daß sie mir nichts anhaben konnte, zu ihrem Opfer erkoren. Ich rief in meiner Not dem Schiffs-steward und bat ihn, die alte Dame in die Damenkajüte zu führen, was er sofort that. So hat auch mich die Seekrank-heit doch noch heimgesucht. Das Unangenehme dabei war, daß ich dafür von den andern noch ausgelacht wurde und mit so gefärbtem Rock und gefleckten Hosen in London an-kommen sollte, mit den Zeichen der Schuld eines Mitmenschen auf mir, und mit diesem Zeichen, aber mit reinem Gewissen kam ich in London an, wo mich mein alter Freund und Exilgenosse Roman von Schweizer am Landungsplatze trotz alledem in die Arme schloß. Ich fühlte mich in jenem Augen-blicke überglücklich, denn ich war nun frei. An die Zukunft dachte ich im Augenblicke noch nicht, das Gefühl endlicher Freiheit beseelte mich ganz.

# VII.

## Nach Ankunft in England. — Asyl. — Meine Rekognoszierung in London.

**Deutsche und andere Exilierte in London. — Mein künftiges Berufsfach. — Erste Thätigkeit. — Meine Arbeiten in der** Educational Times. **— Meine ersten Stellungen im** College of Preceptors, **in der** University of London **und** Royal Military Academy. **— Prinz Napoleon. Sein Tod. — Examinator-stellen. — Anerbieten einer Privatsekretärstelle der Königin. — Rücktritt von obigen Stellungen 1882,83.**

Ich landete in London mit dem Herzen voll Hoffnung aber mit leichter Börse. Mein mütterliches Vermögen in Baden war mit Beschlag belegt. Mein guter Vater hatte mir bisher mit großen, schweren Opfern geholfen. Ich hatte in der immensen Hauptstadt Englands keine Freunde, keine Bekannte, ausgenommen eine Anzahl von Schicksalsgenossen. Und doch fühlte ich mich unbeschreiblich wohl. Ich war frei, kein Spion folgte mir, keiner horchte in öffentlichen Lokalen auf meine Worte, kein schwarzes Kabinett öffnete meine Briefe. Ich begann frei aufzuatmen, wie einer, der aus dem Gefängnis getreten. Aber bald trat an mich die Frage heran: was thun? Meinem guten, kranken Vater konnte ich nicht mehr zur Last fallen. Leidend, wie er war, hatte er dazu noch eine lange Zeit hindurch das Haus voll einquartierter Sol-daten gehabt. Infolge der deutschen politischen Bewegungen war London zur Zeit voll von deutschen Exilierten, darunter Männer von Bedeutung. Es waren etwa vierzig exilierte deutsche Ärzte da. Sie alle mußten aber bald das Feld räumen und wanderten weiter nach den Vereinigten Staaten. Einem einzigen deutschen exilierten Arzte gelang es, sich im Norden Englands, in Bradford, eine höchst angesehene und einflußreiche Stellung zu verschaffen. Es war dies mein leider zu frühe verstorbener lieber Freund Dr. Eduard Bronner, im Jahr 1849 Mitglied der konstituierenden Versammlung in Karlsruhe. Für die Deutschen in London waren schon mehr als genug fest etablierte deutsche Ärzte da. Die Engländer beraten fremde Ärzte nur, wenn sie Spezialisten sind. Zudem hätte ich, um mir als Arzt in England eine Stellung zu verschaffen, notwendigerweise vorerst ein englisches Examen machen und dann noch eine geraume Zeit zuwarten müssen. Dazu fehlten mir aber die Mittel. Ich dachte an Amerika, an das oben erwähnte Anerbieten von Peru. Aber ein solcher Schritt hätte meinem kranken Vater den Todesstoß gegeben. Er litt seines Sohnes wegen.

Ehe ich jedoch mein Ringen und Kämpfen ums Leben in England beschreibe, will ich noch einige Worte über die Flüchtlinge damaliger Zeit in England voranschicken. Als ich im November 1853 aus Frankreich verwiesen in London ankam, war die deutsche Flüchtlingskolonie schon sehr gelichtet. Nach dem Staatsstreiche Napoleons gaben die deutschen Exilierten jede Hoffnung auf baldigen Umschwung der Dinge in der Heimat, auf baldige Heimkehr auf, und der größte Teil derselben wanderte nach den Vereinigten Staaten, wohin ihnen schon viele vorausgegangen waren. England bot ihnen keine Existenzmittel, und daran mußten sie endlich in allem Ernste denken. Bald war das Häuflein der in England Gebliebenen zusammengeschmolzen.

Unter den deutschen Exilierten, die in England geblieben
waren und eine Berufsthätigkeit ausübten, führe ich u. a.
folgende an, mit denen ich, mit wenigen Ausnahmen, ent=
weder schon früher persönlich befreundet oder bekannt war
oder es nachträglich geworden bin. Ferdinand Freilig=
rath war Bankdirektor, Gottfried Kinkel, Lehrer der
deutschen Sprache und Litteratur und Kunstprofessor am South
Kensington Museum, Lothar Bucher, Journalist und
Schriftsteller, später die rechte Hand Bismarcks, der Philo=
soph Arnold Ruge war als Lehrer, Journalist und Schrift=
steller thätig, Karl Blind war Korrespondent englischer,
amerikanischer und deutscher Blätter und Zeitschriften und
über fünfzehn Jahre Hauptmitarbeiter des englischen Blattes
„The Morning Advertiser“, Graf Oskar von Reichen=
bach arbeitete als Naturforscher und Physiker, Theodor
Goldstücker dozierte am University College als eminenter
Sanskritgelehrter. Ferner erwähne ich Karl Marx und
Friedrich Engels, letzterer damals noch in Manchester,
als Schriftsteller und Führer der deutschen sozialdemokratischen
Partei, Johannes Ronge, Vorstand einer sog. huma=
nistischen Gemeinde und Schule, Schriftsteller und mit seiner
hochbegabten Gattin Einführer des Fröbelschen Kindergartens
in England. Amand Goegg, der badische Triumvir von
1849, widmete sich der Industrie, der berühmte Komponist
Richard Wagner war Direktor einer musikalischen Gesell=
schaft, Friedrich Schlutter, burschenschaftlicher Flüchtling
der 30ger Jahre, Freund Fritz Reuters, im Jahre 1848/49
im Parlament in Frankfurt und im Rumpfparlament in
Stuttgart, war Professor in der Kriegsakademie in Woolwich.
Der badische Exilierte, Eugen Oswald, lehrte deutsche
Sprache und Litteratur, wurde später Professor an der könig=
lichen Marine-Hochschule in Greenwich und arbeitete zugleich

als Journalist und Schriftsteller, Gustav Bergenroth machte im Auftrage der englischen Regierung historische Forschungen in den Archiven Spaniens, Hermann Müller-Strübing, ein alter Burschenschafter, der ehemals sieben Jahre auf der Festung Posen gesessen, ist bekannt geworden durch seine historischen Studien über Alt-Griechenland. Im Norden Englands, in Bradford, hat sich der oben schon erwähnte badische Exilierte Dr. Eduard Bronner als Arzt und als Gründer und Leiter des dortigen ophthalmologischen Hospitals eine sehr hochangesehene Stellung erworben.

In den ersten Jahren nach 1849 bestand in London ein sehr reges geselliges Leben unter den deutschen Exilierten. Als ich daselbst ankam, hatte dieses gänzlich aufgehört, denn ein jeder der noch Anwesenden hatte inzwischen einen Wirkungskreis gefunden, der seine ganze Zeit in Anspruch nahm. Jede politische Gesamtthätigkeit hatte aufgehört.

Auch unter den französischen, italienischen und ungarischen Exilierten war Ruhe eingetreten, ihre Versammlungen hatten allmählich aufgehört. Von Franzosen fanden sich anfangs nach dem Staatsstreiche ziemlich viele in London und England. Die meisten aber kehrten bald wieder nach Frankreich zurück oder zogen vor, in Belgien zu leben. Von solchen Franzosen, die bis zum Falle Napoleons im Jahre 1870 in London lebten, nenne ich: Ledru Rollin, Louis Blanc, Alphonse Esquiros, der Verfasser der „Histoire des Montagnards" und von „Paris au 19. Siècle", ferner Savoye, Barrère, Landolphe, Wilfried de Fonvielle. De Fonvielle, den Titel Marquis hatte er aufgegeben, entfernte sich 1870 aus dem belagerten Paris in einem Ballon und kam glücklich in der Normandie auf der Erde wieder an. Er kam darauf nach London, wo er in kuriosem, schwerverständlichem Englisch öffentliche Vorträge über die

Belagerung hielt und auf der Rednerbühne in Gegenwart der Zuhörer eine von Paris mitgebrachte Rattenpastete verspeiste, eine damals beliebte Speise der Pariser.

Mit Ausnahme Ledru Rollins, mit dem ich wohl persönlich bekannt, aber nicht befreundet war, pflegte ich mit obengenannten französischen Exilierten einen freundschaftlichen Umgang, besonders mit Louis Blanc, dessen Hausfreund ich mich nennen durfte, und der mich dem Bibliothekar des Britisch Museum als Studierender für die innern Räume der Bibliothek besonders empfohlen hat. Er selbst arbeitete zur Zeit fleißig an seiner Geschichte der französischen Revolution, wozu ihm das Britisch Museum sehr wertvolles Material lieferte. Ledru Rollin traf ich gelegentlich in Gesellschaft.

Von den Italienern traf ich öfters Mazzini und Saffi, der Triumvir Roms, bei Karl Blind, der überhaupt ein von Exilierten oft besuchtes gastliches Heim besaß. Von den Ungarn lebte Kossuth in London in strikter Zurückgezogenheit, während Pulski viel Gesellschaft empfing. Mazzini war für mich eine höchst imponierende, fesselnde Persönlichkeit und einen Abend, den ich mit ihm bei Blind zubrachte, werde ich nie vergessen. Der berühmte, englische Dichter Algernon Swinburne las an diesem Abend sein prachtvolles Gedicht „Italia", das er Mazzini widmete, in seiner Gegenwart in Blinds Hause vor.

Mazzini war über alles, was in der Politik vorging, stets aufs genaueste unterrichtet und hatte selbst in Frankreich in den höchsten Regionen seine geheimen Berichterstatter. Ich will davon einen Beweis anführen. Ich war im März im Jahre 1870 in seiner Gesellschaft im Hause von Karl Blind, und als die Rede auf die damalige spanische Thronkandidatur des Fürsten von Hohenzollern fiel, sagte er folgende mir unvergeßlichen Worte: „In Frankreich ist der

Krieg eine ausgemachte Sache. Im April wird eine Konferenz stattfinden, um die Angelegenheit friedlich zu ordnen, aber sie wird zu nichts führen. In den Tuilerien ist der Krieg eine beschlossene Sache." Wie Mazzini zu einer Zeit vorhersagte, wo man noch keine Ahnung von den kommenden Ereignissen hatte, so kam es. Es ist in letzter Zeit viel geschrieben worden über die Ursache und Veranlassung des Krieges und niemand hat von einer unzweifelhaften Thatsache Notiz genommen, die auch Mazzini bestätigt hat, daß ganz Deutschland lange vor der Kriegserklärung von einer Legion von französischen Agenten und Spionen überzogen, ja sogar in Spionedepartements eingeteilt war.

Während Garibaldi im Jahre 1870 für Frankreich gegen Deutschland focht, so trat Mazzini stets für Deutschland ein. Mit der deutschen Sprache und Litteratur vertraut, hat er schon im Jahre 1864 sich für Deutschland in der schleswig-holsteinischen Frage ausgesprochen und Deutschlands Ansprüche öffentlich für gerecht erklärt. Im Jahre 1870 beeinflußte er im Interesse Deutschlands seine mächtige Partei in Italien derart, daß Viktor Emanuel dadurch abgeschreckt wurde, für Napoleon Partei zu ergreifen, was er bekanntlich versprochen hatte und beabsichtigte.

Von allen Franzosen jeder politischen Schattierung, die ich in London kennen lernte, waren alle, ohne Ausnahme, für den Wiedergewinn des linken Rheinufers, ja viele selbst huldigten der neuen französischen Theorie, der sog. Région française, nach der beide Rheinufer eigentlich zu Frankreich gehörten. Schon zur Zeit, als ich anfangs der 50ger Jahre in Paris studierte, begegnete mir, daß der berühmte medizinische Professor Velpeau, als er mir in Gegenwart Anderer ein Frequenzzeugnis für meine Studien in seiner Klinik aus-

stellte, zu mir lächelnd sagte: „Sie sind ein Badener? Nun
gut, Ihr Land wird bald französisch werden." Aber auffallend war mir, daß selbst die nach dem Staatsstreich flüchtigen oder ausgewiesenen Franzosen in London die Rheinlande verlangten und zwar viele Jahre vor dem Kriege im
Jahre 1870. Der Sozialist Felix Pyat rellamierte sie
einmal in einer öffentlichen Rede. Ledru Rollin erklärte
Karl Blind als trop Germanique, weil er von den französischen Ansprüchen auf das linke Rheinufer nichts wissen
wollte. Selbst der gute, liebenswürdige Sozialist Louis
Blanc fragte mich einmal, ob man die Rheinlande nicht ab-
stimmen lassen könnte, ob sie deutsch oder französisch sein
wollten. Ich lachte über seine Frage und frug ihn, ob er
denn die Taschenspieler-Abstimmung des Napoleon III. bei
seiner Kaiserwahl, sowie bei der Annexation von Nizza und
Savoyen nicht kennte, wo einfach von französischen Präfekten
und Polizeiagenten die Stimmzettel eskamotiert und vertauscht
wurden? Noch im Juni 1895 hat der sozialistische Gemeinde-
rat von Paris beschlossen, — als Zeichen des Protestes
gegen die Eroberung des Elsasses — zum Andenken
des Elsässers Valentin, Präfekt von Straßburg während der Belagerung 1870, eine Straße in Paris nach ihm zu benennen.
Diese Ehre ward dem tapfern Valentin zu teil, nachdem er
im Frühjahr 1871 als Präfekt von Lyon, zur Zeit des
Kommuneaufstandes in Paris, eine Anzahl von Sozialisten,
die in Lyon einen Kommuneaufstand bezweckten, kriegsgerichtlich
verurteilen ließ. Während unsere deutschen Sozialisten für
Rückgabe des durch und durch deutsch-nationalen Elsasses sprechen, ehren die französischen Sozialisten einen ihrer bittersten
Gegner als Zeichen ihrer Ansprüche auf das Elsaß!
    Auch die Elsässer waren vor 1870 für die Wieder-
eroberung der Rheinlande, die im Auslande Exilierten sowohl

als die zu Hause. Letzteres bestätigte mir der Professor an der
mediziniſchen Fakultät der Univerſität Straßburg, Küß, mit
dem ich ſeit 1848 befreundet war, als ich ihn im Januar
1871 in der Mairie in Straßburg beſuchte. Der arme
Küß war Maire während der Belagerung und Beſchießung
und ſtarb plötzlich infolge langer Aufregung in Bordeaux,
wohin er vor dem Friedensſchluſſe und der Abtretung des
Elſaſſes als elſäſſer Deputierter geſandt worden war und wo
er für die Wahrheiten, die er da den Franzoſen ſagte, heftig
angegriffen wurde.

Wenn aber Profeſſor Küß auch gegen die Eroberung
der Rheinlande war, ſo war er doch Franzoſe und gegen
Wiedergewinn des Elſaſſes von ſeiten Deutſchlands, weil,
dies ſind ſeine eigenen Worte: „Frankreich eine höher
ziviliſierte Nation als Deutſchland wäre.“ Ich
erwiederte ihm darauf, daß wenn es wirklich ſo wäre, was
ich leugnete, ſich die Elſäſſer die Genugthuung verſchaffen
ſollten, uns zu ziviliſieren. Er kannte eben das alte Mutter-
land nicht, wie alle ſeine Landsleute. Es ward ihnen im
Verlauf der Zeit fremd geworden, ſie wußten von der Geſchichte Deutſchlands, von ihrer eigenen frühern ſo intereſſanten
elſäſſer Geſchichte abſolut nichts, ihre nächſten Nachbarn waren
ſchwache, kleine Staaten, auf die ſie mit Verachtung als Mitglieder einer großen Nation herabzuſehen pflegten.

Ich ſagte weiter oben, daß die nach dem Staatsſtreiche
exilierten Elſäſſer und Deutſch-Lothringer, die ich in England
kannte, alle für die Eroberung der Rheinlande ſchwärmten.
Ich kannte in London einen Elſäſſer, vor dem Staatsſtreiche
Mitglied der franzöſiſchen geſetzgebenden Verſammlung und
exiliert, der im Exile die Kenntnis ſeiner deutſchen Mutterſprache benützte und darin, nebſt dem franzöſiſchen, Unterricht
gab, um ſich ſein tägliches Brot zu verdienen. Als im Juli 1870

die Kriegserklärung in London bekannt wurde, rief dieser el-
säſſer Exilierte in freudiger Aufregung in Gegenwart eines
mir befreundeten Deutſchen aus: „Hurrah! Maintenant
nous aurons le Rhin!" Er war ein verwegener Mann, der
im Kriege 1870 und nach demſelben in Frankreich eine bedeutende Rolle geſpielt hat. Es war der oben erwähnte
Valentin. Überhaupt waren während des Krieges 1870 und
darauf die mir bekannten elſäſſiſchen Exilierten in England
erbitterter gegen Deutſchland, als die National-Franzoſen.
Mit letzteren ſtand ich, trotz der deutſchen Siege, fortwährend
auf freundſchaftlichem Fuße, die erſteren hatte ich längere
Zeit zu meiden.

Ich kann nicht umhin, hier an dieſer Stelle von anti-
deutſchen, bis zu 1870 zu Frankreich gehörigen Deutſchen
ein bezeichnendes kurioſes Exempel anzuführen, das unter
meine perſönliche Beobachtung gefallen iſt. Ein nach dem
Staatsſtreiche exilierter deutſch-lothringiſcher Profeſſor der
franzöſiſchen Sprache an einer hohen Lehranſtalt in England, der
auch in ſeiner deutſchen Mutterſprache gründlich bewandert war,
in verſchiedenen von ihm veröffentlichten franzöſiſchen Schriften
deutſche Werke reichlich benutzt hat, und welcher nach 1870
für Frankreich optiert hat, hatte einmal in den 60ger Jahren
die Unverfrorenheit, auf einem Teile der nach engliſchem Gebrauche für ſeine Anſtalt gedruckten, franzöſiſchen Examen-
fragen und Aufgaben zur Überſetzung eine franzöſiſche Überſetzung des ſchönen Gedichtes von Freiligrath „Am Baum
der Menſchheit drängt ſich Blüt an Blüte" unter ſeinem
Namen und als ſeine eigene Poeſie drucken zu laſſen. Die
Hauptpaſſagen aber des Gedichtes über die Knoſpe Deutſchland ließ der Deutſch-Franzoſe ganz aus. Er wünſchte
nicht, daß „die Knoſpe Deutſchland einmal Blume werde".
Freiligraths ſchöne Worte:

„Herr, Gott im Himmel, welche Wunderblume
Wird einst vor allen dieses Deutschland sein!"

waren ihm nicht sympathisch, unterdrückte er, und doch bestahl
er den deutschen Dichter. Es ist dies Beispiel ein Beweis,
welchen Einfluß die französische Herrschaft auf den Charakter
eines sonst durch und durch deutschen, biedern, braven Volks-
stammes gehabt hat.

Es waren nach meiner Ankunft in England noch drei
russische Flüchtlinge in London wohnhaft, von denen zwei
später nach der Schweiz übersiedelten, einer aber nach Rußland
zurückkehren durfte. Es waren diese Michail Bakunin,
Alexander Herzen und Golowin.

Bakunin habe ich schon in dieser Skizze erwähnt, wo von
den Volksversammlungen in Baden im März 1848 die Rede
ist. Er hat später eine Rolle beim Aufstand in Dresden gespielt
und soll 1871 in Lyon einen Aufstand zu veranlassen versucht
haben. Obgleich in Deutschland politisch-agitatorisch thätig, im
Jahre 1848 in Verbindung mit Führern der politischen Bewegungen in Deutschland, war er ein eingefleischter Slave und
soll über die Anwesenheit Deutscher beim panslavistischen Kon-
gresse, wo die versammelten Slaven, um sich zu verstehen, die
deutsche als die Verständigungssprache anwenden mußten —
sehr aufgebracht gewesen sein. Was wollte Bakunin nun aber
in Deutschland? Sein Auftreten daselbst ist mir ein Rätsel.

Alexander Herzen wohnte anfangs der 50ger Jahre
in Paris, zur Zeit als ich noch da weilte. Er lebte da als
grand Seigneur, als russischer Edelmann, ließ sich Monsieur
le Baron, M. de Herzen titulieren, wie mir sein damaliger
Hauslehrer, Professor M. Bocquet, später selbst mitteilte, der
nach dem Staatsstreiche Instruktor in der englischen Kriegsakademie und nach dem Falle Napoleons Maire eines Pariser
Arrondissements war.

Herzen schrieb in Paris in französischer Sprache eine Arbeit, die der deutsche Exilierte Friedrich Kapp, später Anwalt und bekannter Schriftsteller in New-York, der als deutscher Reichstagsabgeordneter gestorben ist, unter dem Titel „Vom andern Ufer" ins Deutsche übersetzt hat. In diesem Werke riet Herzen u. a. den Deutschen die Auswanderung nach Amerika an, da ihre alte Heimat über kurz oder lang von den Kosaken erobert und verjüngt werden würde. Deutschland, so meinte er, brauchte eine Beimischung frischen, gesunden, russischen Blutes. Wegen dieser seiner Verjüngungstheorie wurde Herzen später von Karl Blind in der deutschen und englischen Presse mit Energie und Erfolg angegriffen und geschlagen.

Von Paris siedelte Herzen nach London über, wo er ein gastfreies Haus hielt und Besuche von Angehörigen aller Nationalitäten, darunter auch von Deutschen, empfing. Er galt als ein im persönlichen Umgang sehr liebenswürdiger Mann. Ich suchte seine Bekanntschaft nicht wegen seiner panslavistischen, antideutschnationalen Grundsätze. Er war der eigentliche Gründer des Panslavismus, den er sehr lang in seiner in London publizierten russischen Zeitschrift „Kolokol" (d. h. die Glocke) gepredigt hat, ein Blatt, das von allen russischen Reisenden gierig geleien ward. In dem französischen Flüchtlingsblatte „L'Homme", das auf der normännisch-englischen Insel Jersey erschien, warf Herzen einmal in einem Artikel die Frage auf: „Welches wird die Hauptstadt des künftigen, großen Slavenreiches sein? Wird es Berlin, wird es Wien oder Konstantinopel sein?" Rußland bis an die Elbe, war was er verlangte. Wenn dann Frankreich seine sog. Région française, das Rheinthal, beide Ufer, in Besitz nähme, was bliebe dann noch vom guten Deutschland übrig?

Herzen verfügte über bedeutende Mittel in England und lebte auf großem Fuße. Bakunin wohnte eine Zeit lang, glaube ich, unter seinem Dache. Während ich in London lebte, entspann sich einmal zwischen Herzen und dem oben angeführten russischen Flüchtlinge Golowin in London ein sehr heftiger Zeitungsstreit. Herr Golowin, ein flüchtiger russischer Edelmann guter Familie in Kleinrußland, der später wieder in die Heimat zurückkehren durfte, und den ich persönlich bei einem deutschen Exilierten, Dr. Däumler, kennen lernte, griff Herzen heftig in der englischen Presse an, erklärte, daß er weder russischer Edelmann, noch ein echter Russe sei, sondern der uneheliche Sohn eines reichen Russen Namens Jakobleff und einer deutschen Gouvernante Namens Herzen, deren Namen er trage. Er warf Herzen ferner vor, daß er in seinem englischen Buche, „Mein Exil in Sibirien" betitelt, die Leute glauben machen wollte, daß er nach Sibirien verbannt worden wäre, während er in Wirklichkeit einige Zeit nur in eine südrussische europäische Stadt verbannt worden sei und sehr angenehm und frei gelebt habe. Sein Exil wäre Schwindel. Herzen antwortete äußerst zahm auf Golowins Anklagen und versuchte nicht Golowins Behauptungen bezüglich seiner Abstammung, noch seines sog. Exiles zu widerlegen, noch zu leugnen. Was Golowin zu seinem Angriffe veranlaßte, ist mir nicht mehr klar in der Erinnerung. Ich glaube, es war die Behauptung Herzens, daß der Edelmann Golowin nur ein Kleinrusse, mit kleinrussischem Typus, er, Herzen, aber ein echter Großrusse sei, den großrussischen Typus tragend, sowie Herzens Ansprüche ein Repräsentant der sog. russischen Rasse, ein Vollblutrusse zu sein.

Trotz seiner Vergötterung des Russentums und Slaventums zog Herzen als Erzieher seiner Kinder Deutsche seinen slavischen Brüdern vor. Ähnliches ist der Fall in vielen russischen sowie auch in französischen Familien. Der verstorbene

Zar Alexander III. traute nur seinen deutschen Dienern, die ihn umgaben. So gewann auch Herzen die Dienste und die aufrichtige Devotion einer echt deutschen Frau. Fräulein Malwida von Meysenbug, wie ich glaube, die Tochter eines hessischen Ministers, eine treffliche, sehr begabte, idealistisch angelegte Dame, widmet sich mit Herz und Seele der Familie Herzens. Ehe sie in Herzens Haus eintrat, bot sie einem deutschen Exilierten in London ihre Hilfe an zur Aufklärung Deutschlands mittels politisch-litterarischer Arbeiten, die ihr Landsmann zur Zeit nicht annehmen konnte. Sie publizierte Verschiedenes u. a.: „Mémoires d'une Idéaliste.“

Ehe ich mit obigen Erinnerungen an Alexander Herzen abschließe, möchte ich noch einige Bemerkungen daran knüpfen.

Alexander Herzen hätte doch wissen müssen, daß der bei weitem größte Teil des europäischen Rußlands von Menschen finnisch-tartarischer Rasse, nicht von Slaven bewohnt ist, die vor einigen hundert Jahren noch ihre tartarischen Sprachen, nicht slavisch sprachen. Die große Mehrheit der europäischen Russen gehört der arischen Rasse nicht an und ist mit dem Slaventum gar nicht verwandt, während die slavischen Stämme und Sprachen mit den europäischen Germanen, Kelten, Griechen und Lateinern eine Familie bilden. Was die Verjüngung deutschen Blutes durch russische Beimischung betrifft, so führe ich hier aus einem Berichte eines Korrespondenten des Londoner Blattes „The Standard“ einige Beobachtungen an. Obiger Berichterstatter bereiste Rußland, um Land und Leute zu studieren und führte u. a. an, daß das einzige gesunde Element im russischen Staate, in den hohen und niederen Klassen, das deutsche Element wäre, hergeleitet von den Ostsee-provinzen und aus Deutschland eingewandert. Vertilgt dies Element — schrieb er — und der russische Staat verrottet. Er entwarf ein Bild der russischen Dörfer und der deutschen

Kolonien in Südrußland, vom Elend und Schmutz, von der
Versumpfung in tiefem Aberglauben und in Intoleranz in
den ersteren, vom Wohlstand, der Reinlichkeit, Ehrlichkeit und
Bildung in den letzteren, die ihm bei seinem Betreten wie
eine paradiesische Oase in einer Wüste vorkamen. Er erklärte,
daß Rußland seinen Grad von Zivilisation, den es bisher
erreicht, einzig und allein den Deutschen verdanke und daß
diese darum gerade in Rußland gehaßt wären.
Vor kurzem las ich in der Zeitung die Nachricht, daß neun
in der russischen Provinz Cherson von Deutschen gegründete
und von ihren Nachkommen bewohnte Dörfer an Stelle der
deutschen russische Namen erhalten haben. Es klingt diese
Nachricht beinahe komisch. Aber warum taufen die Russen
nicht Kronstadt und Petersburg um? Warum verleugnen
sie Rurik und seine germanischen Normannen, die Gründer
ihres Reiches nicht?

Ich wünsche Rußland von Herzen eine freiheitliche
Entwicklung. Eine solche aber wird durch eine panslavistische
Propaganda nicht gefördert, ja gehemmt. Eine freiheitliche
Entwicklung würde ein Segen für Europa, die Welt sein.
Aber ein Kosakenregiment, eine Verjüngungstheorie à la Herzen
wäre ein Unheil für die Menschheit sowie für Rußland selbst.
Rußland soll erst etwas aus sich selbst machen, ehe es seinen
Einfluß auf gebildete Staaten ausübt. Was hat es denn
bis jetzt für die Zivilisation gethan? Der Grad der Zivili-
sation, den es besitzt, ist nicht russischen Ursprungs oder nur
Firnis. „Grattez le Russe et vous trouvez le Tartar.“
Nur die Völker, die zu der geistigen Entwicklung der Menschheit beigetragen und beitragen, die Entdeckungen machten und
machen, die den Fortschritt derselben gefördert und fördern,
haben eine Zukunft der Kultur.
Es ist eine traurige Thatsache, daß, während in Frank-

reich, England, Rußland, Ungarn alle Volksklassen, von den höchsten bis zu den niedrigsten, alle politischen Parteien, die sozialdemokratischen eingeschlossen, in erster Reihe national-patriotisch sind, während die Polen, Dänen, Tschechen, Süd-tiroler u. a. zähe an ihrer Nationalität festhängen, stolz darauf sind, — die Kinder Germaniens gar oft von ihrer Mutter nichts wissen wollen, sie verleugnen, dem Fremden huldigen und dienen. Kein Volk hat so viele unpatriotische Kinder produziert als das deutsche. Allerdings haben in Deutschland selbst die Regierungen viel dazu beigetragen, in deren Augen deutscher Sinn, das Streben, einem einigen Deutschland anzu-gehören, bis vor kurzer Zeit als Verbrechen galt und bestraft worden ist. Allerdings hat auch das Kleinstaatentum einen bösen Einfluß ausgeübt. Die Kinder der kleinen Staaten fühlten sich nicht als Deutsche, sondern als Badener, Hessen, Würt-temberger, Bayern, Sachsen. Von den schlechten, das Vater-land verleugnenden Deutschen, die ich im Auslande kennen gelernt habe, kamen alle von deutschen Kleinstaaten. Die von Preußen fühlten sich zwar nicht als Deutsche, aber als Preußen, und waren stolz auf ihr Vaterland, und so sehr ich Ursache hatte, den Preußen zu grollen, die im Jahre 1849 gegen uns in Baden auftraten, die Bewegung niederwarfen und mich, wie viele andere ins Exil trieben, so mußte ich doch anerkennen, daß sie allein unter den deutschen Staats-angehörigen Nationalgefühl besaßen und unsern süddeutschen Preußenhassern möchte ich die Frage stellen: „Was wäre aus Deutschland geworden, wenn 1813 und 1815 Preußen nicht gegen Napoleon aufgestanden wäre?" Die Rheinbund-länder waren alle schon fast verwelscht. Ich spreche hier von meinen Beobachtungen in den 50ger und 60ger Jahren. Seit 1870 giebt es ein Deutschland und giebt es Deutsche im Auslande.

Die politischen Exilierten der 30ger und 40ger Jahre fanden ihre Landsleute im Auslande ebenso undeutsch, ja womöglich noch undeutscher als die in der Heimat. Der seiner Zeit bekannte Flüchtling und Dichter Harro Harring, welcher, aus Frankreich verwiesen, im Jahre 1834 nach London kam und daselbst 1835 eine Gedichte-Sammlung „Die Möwe" betitelt, herausgab, widmete auch seinen Landsleuten in England ein Gedicht, von dem ich hier einige Strophen anführen will, nicht wegen ihres poetischen Wertes, der gering ist, sondern weil sie ein Bild der Deutschen jener Jahre entwerfen:

„Ein Spanier, Franzose, Britte,
Trägt Volkstum in männlicher Brust,
Ein Pol' ist bei jeglichem Schritte,
Der Würde des Volks sich bewußt;
Ein Ungar, ob fern seinem Lande,
Fühlt immer mit Recht seinen Wert,
Den Stolz aller heiligen Bande,
Woburch er sein Vaterland ehrt!

Ein Deutscher im Ausland gar ehrlich,
Gar sprichwörtlich bieder und brav;
Der findet das Volkstum beschwerlich,
Und ist im Bewußtsein gar schlaff.
Sich als Deutschen zu zeigen mit Ehren,
Von Vaterlandsliebe durchglüht,
Das würd' im Geschäft ihn ja stören,
Und brächte wohl wenig Profit!

Ein Deutscher muß erst sich besinnen,
Weß Volkes er eigentlich sei?
Und nennt sich, um Geld zu gewinnen,
Aus Lappland und aus der Türkei!
Will Engländer sein an Toilette,
Durchaus nach dem Modejournal;
Denkt mehr an Krawatt' und Manschette,
Als an seines Vaterlands Fall." u. s. w.

Von großem Einfluße auf das Erwachen des deutschen Nationalgefühls, auf die Entwiclung deutschen Lebens in England waren die Jahre 1848/49. Die Bewegungen dieser Jahre hatten nicht nur die Universitäten, sondern das ganze Volk ergriffen. Infolge der auf 49 folgenden Reaktion in Deutschland wurden der Londoner deutschen Kolonie Elemente zugeführt, die ein neues, deutsch-nationales Leben in ihre Adern gossen. Es waren gerade die Verbannten, die in England unter ihren Landsleuten zuerst das deutsche Bewußtsein weckten. Hierüber werde ich später noch einiges berichten.

* * *

Nachdem ich in London mich über meine Aussichten genau orientiert hatte — wandte ich mich mit schwerem Herzen von der Ausübung der Medizin, deren Studium ich so viele Jahre gewidmet, — zum Lehrfach. Ich ging mit festem Willen an die Ausführung meines neuen Lebensplanes und es gelang mir. Ich. lehrte Naturgeschichte, Physiologie mit Hygiene, Geschichte, Sprachen mit Litteraturgeschichte, bereitete junge Männer für Universitätsprüfungen vor, und in kurzer Zeit war ich Lehrer in einer Zahl großer Sekundärschulen (Gymnasien) von London.

Sobald ich mich entschlossen hatte der Ausübung der Medizin zu entsagen, so suchte ich durch Promotion an einer philosophischen Fakultät mir gleichsam einen Paß für das Gebiet der Erziehung zu erringen. Ich wandte mich mit Anfragen an mehrere britische Universitäten, worin ich mich bereit erklärte, mich für Zulassung zur Promotion in der sog. Faculty of Arts zu einem Examen zu stellen. Überall aber verlangte man Beobachtung einer vorgeschriebenen Studienzeit mit Residenz an der Universität. Die kurz vorher gegründete Universität London zog damals vorerst nur junge Leute an und errang sich erst allmählich ihre hohe Stellung. Da wandte

ich mich, anfangs 1854, an die Universität Tübingen. Diese
ließ ohne Zögern mich zur Promotion in der philosophischen
Fakultät zu und, nachdem sie mir in Anbetracht meiner vor-
hergegangenen Prüfungen, meiner Diplome von gelehrten
Gesellschaften und meiner langen Studien in Deutschland und
Frankreich das Vorexamen erlassen, erteilte sie mir im Mai 1854,
auf Grund einer zu dem Zwecke verfaßten Inaugural-Disser-
tation, einer größeren Originalarbeit „Über die Lagen der
fossilen Insekten" das Diplom eines Doctor philosophiae
und eines Magister Artium Liberalium. Obige Arbeit
erschien bisher noch nicht im Drucke. Diese Ehre von seiten
einer der ersten und angesehensten Hochschulen Deutschlands
— an der mein Vater schon promoviert — hat auf meine
neue Berufswahl und Thätigkeit auf dem Felde der Erziehung
in England einen sehr großen Einfluß geübt und mich an-
getrieben, die erhaltenen philosophischen Sporen wohl zu
verdienen.

Das eifrige Studium der englischen Sprache setzte mich
bald in den Stand, mich an dem damals einzigen Erziehungs-
blatte, „The Educational Times", Organ des College of
Preceptors, mit Artikeln und Rezensionen zu beteiligen und
bis Ende 1883 gehörte ich zum Redaktions-Ausschuß dieses
Blattes im Council des College of Preceptors. Ich beteiligte mich ebenfalls an den damals im College of Preceptors üblichen Konferenzen und Diskussionen über Er-
ziehungsfragen.

Schon in den ersten Jahren meiner Mitwirkung an der
Educational Times erschien, nebst kleineren Beiträgen, eine
Reihe größerer Arbeiten von mir, von denen hier nur einige
angeführt werden, um die Wege und Mittel anzudeuten, mit
welchen ich mir eine Stellung in meinem neuerwählten Be-
rufsfache in England zu erringen strebte. Die späteren Bei-

träge aufzuführen würde zu weit führen. Es verdient vielleicht nur noch hier angeführt zu werden, daß für alle meine
Arbeiten in obengenanntem Blatte von Anfang an ich stets
auf Honorare verzichtete.

Meine erste größere Arbeit von zwölf Kolonnen erschien
schon in den Monaten März und April 1855 und ist eine
Geschichte des Studiums der Naturwissenschaf-
ten überhaupt, mit besonderer Rücksicht auf die Arbeiten der
deutschen Akademia Leopoldino-Carolina.

Im September 1857 erschien eine Abhandlung über
Corporal Punishment in Schools (körperliche Strafen
in Schulen). Es war dieses eine Replik auf eine Verteidigung der damals in englischen Schulen noch sehr vor-
herrschenden körperlichen Strafen. Meine Streitschrift gegen
diese Strafe, vom physiologischen und psychologischen Standpunkte behandelt, machte zur Zeit Eindruck und wurde selbst
in englischen Kolonien u. a. in Upper Canada abgedruckt.

Im Januar und Februar 1858 erschien von mir eine
fünfzehn Kolonnen starke Abhandlung über die Erziehung
in China.

Nebst obigen größeren Arbeiten erschienen von mir außer
zahlreichen kleineren Bücherrezensionen, zwei größere Kritiken,
die wohl hier eine Erwähnung verdienen, da es größere,
unabhängige Dissertationen sind. Die erstere vier Kolonnen
starke (April 1860) ist über folgendes Werk von John
Robson B. A., später Sekretär von London University
College: „Constructive Latin Exercises, based on a
System of Analysis and Synthesis", ein heute noch populäres Schulbuch. Die zweite Rezension (März 1861),
vier Kolonnen stark, ist mehr eine Abhandlung über das bekannte Werk: „Management of Infancy, Physiological
and Moral" von dem berühmten Edinburger Leibarzt der

Königin, Dr. Andrew Combe, herausgegeben von Sir James Clark, Leibarzt der Königin und Senator der Universität London.

Ich begann meine höhere Wirksamkeit als Schulmann mit dem ebengenannten College of Preceptors, erst als dessen Examinator und bald als Mitglied des Senates. Ich wurde darauf Examinator an der Universität London, und bald Professor an der Königlichen Militär-Akademie. Ich gab nun jeden Unterricht an andern Anstalten und privater Art auf und widmete meine Zeit ausschließlich den drei ebengenannten Institutionen, Schulprüfungen und litterarischen Arbeiten. Nur einmal machte ich eine Ausnahme von meinem Vorsatz, als mir im Frühjahr 1871 eine Litteraturklasse in der Familie des Herzogs von Argyll angeboten wurde. Der Herzog ist einer der hervorragendsten Staatsmänner und zugleich ein eminenter Naturforscher und Schriftsteller, er war wiederholt Staatsminister und steht mit der Königin in naher Verwandtschaft durch die Heirat seines ältesten Sohnes, des Marquis von Lorne, eine Zeit lang Statthalter von Canada, mit der königlichen Prinzessin Louise. In der Argyll-Familie während ihres Aufenthaltes in London hatte ich eine Klasse für deutsche Sprache, Litteratur und Litteraturgeschichte, vom Februar im Jahre 1871 bis Ende April 1878, an welcher fünf Töchter des Herzogs teilnahmen, welche, ehe sie in meine Klasse traten, einen gründlichen Vorunterricht von ihrer vortrefflichen Hauslehrerin erhalten hatten. Letztere, Miß Georgina E. Johnstone, ist eine der gebildetsten und gelehrtesten Frauen Englands. Bei einer tiefen und umfassenden allgemeinen Bildung, bei großer poetischer Gabe ist sie nicht nur eine gründliche Kennerin der deutschen, italienischen und französischen Sprachen und Litteraturen, sondern ist auch bewandert im Lateinischen, Griechischen, Hebräischen,

Spanischen, Dänischen und der Sanskritsprache. Eine Can-
tate von ihr „Agnes of the Sea" wurde ins Deutsche übersetzt. Die Liebenswürdigkeit, das Talent, der Fleiß und die
Fortschritte der Ladies Campbell, meiner Schülerinnen, machten diesen Unterricht zu einem wahren Genuß, zu einer er-
heiternden Erholung für mich. Als ich meinen Kurs in der
Familie schloß, erhielt ich von der hochbegabten Herzogin, der
Jugendfreundin der Königin Viktoria, eine so gründliche Kennerin der deutschen Sprache, daß sie selbst Hebels allemann-
nische Schriften las, ein herzliches Dankschreiben, welches von
den letzten, vielleicht der letzte der Briefe der edlen Frau
ist, denn ich erhielt den Brief, den sie am Tage ihres so
plötzlichen, unerwarteten, allgemein beklagten Todes schrieb,
durch die Post am Tage nach diesem erschütternden Ereignisse — gleichsam von jenseit des Grabes. Die Herzogin
von Argyll war eine der merkwürdigsten Frauen Großbritanniens, ausgezeichnet nicht nur durch hohe Gaben des Geistes
und Herzens, sondern auch durch eine außerordentliche Cha-
rakterstärke. Sie war eine Frau zum Regieren geboren, vom
echten Holz der alten Familien, die durch Kraft, Weisheit
und Kühnheit sich zur Führerschaft ihres Volkes aufgeschwungen.

Da die drei genannten Institutionen gleichsam auf meiner
litterarischen Laufbahn Stationen bilden, die ich als ein Erzieher in den ersten acht Jahren meiner Niederlassung in
London erreicht habe, so folgen hier einige eingehende Worte
über meine Stellung in denselben, sowie auch über die Deutschen wenig oder gar nicht bekannten Anstalten selbst.

Das College of Preceptors of England wurde 1846
gegründet und 1849 erhielt es den Stiftbrief als königliche
Korporation. Der vollständige Titel dieser Institution ist
Royal College of Preceptors und in den ersten Dezennien
nach der Stiftung war er im Gebrauch. Da aber bei dem

in England bestehenden Gebrauch der Initialen der Gesell-
schaftstitel die des Royal College of Preceptors ganz dieselben sind als die vom Royal College of Physicians, so
wurde der Titel Royal, zu dem das College of Preceptors
berechtigt ist, weggelassen. Der Zweck der Anstalt ist: 1) Bildung und Prüfung von Lehrern und Lehrerinnen, 2) Prüfung
und Inspektion von Sekundär-Schulen. Es war dies die erste
Institution in England, welche obige Prüfungen, und ebenso
die erste, welche Professuren der Erziehungswissenschaft und
Kurse von Vorlesungen über diesen Gegenstand einführte.
Von einer kleinen Korporation wuchs das College allmählich
zu einer sehr einflußreichen Anstalt heran, mit einer stets zu-
nehmenden Anzahl von Mitgliedern, Schuldirektoren und
Lehrern von Sekundärschulen, und mit über 5000 Sekundärschulen, von der Anstalt regelmäßig examiniert und inspiziert.
    Im Sommer 1895 gründete das College of Precep-
tors ein sog. Training College for Teachers in Secon-
dary Schools (Non Residential), eine Anstalt, in der Lehrer
von Sekundärschulen von bewährten Fachmännern in der
Theorie und Praxis des Lehrens herangebildet werden. Der
Direktor der neuen Anstalt ist: Dr. J. J. Findlay, Mag.
Art. Lib. der Universität Oxford und Doctor Philosophiae
der Universität Leipzig.
    In dieser Institution begann ich meine Laufbahn als
Erzieher. Im Frühjahr 1854 als Mitglied aufgenommen,
wurde ich im Frühjahr 1855 Examinator von Lehrern und
Schülern, abwechselnd in Naturgeschichte, Physiologie, Deutsch,
gelegentlich Französisch prüfend. Die ersten sieben Jahre
examinierte ich ohne Anspruch auf Honorar.
    Zur Zeit als ich zum Examinator im College of Pre-
ceptors ernannt wurde, starb mein Vater, Dr. Schaible in
Offenburg. Der Vater sehnte sich den Sohn noch einmal

zu sehen, der Sohn den Vater. Das grausame Schicksal wollte es aber nicht. Es war dies die härteste Probe des Schicksals, die mir auferlegt wurde. Die Trennung von seinem Sohne, die Zerstörung seiner für diesen gebildeten Zukunftspläne, trugen in hohem Grade zu seinem frühzeitigen Tode bei. Tief und schmerzlich brannten sich folgende Worte in meine Seele ein, welche Geheimer Hofrat Dr. Schneider, Oberamtsphysikus in Offenburg in seinem am 12. Juni 1855 veröffentlichten Nekrologe von meinem Vater sagt: — „Leider sind auch über ihn die trüben Tage des Kummers und Jammers hereingebrochen; denn tief erschütternde Ereignisse haben auch ihm namenloses Wehe bereitet. Es giebt ein Leiden, das sich weder in Worten noch in Thränen ausspricht und den Körper selbst des Starken durch seine entsetzliche Wucht an die Grenzmarke des Lebens drängt." Nach des Vaters Hinscheiden legte man wieder Beschlag auf den väterlichen Erbteil des Sohnes. Aus Frankreich verwiesen, heimatlos, konnte ich mich nicht einmal den Grenzen des Vaterlandes nähern. Da kam mir England zum zweitenmale zu Hilfe. Die Regierung bewilligte mir das englische Staatsbürgerrecht, und mit englischem Schutzbriefe reiste ich durch das mir verschlossen gewesene Frankreich an das damals französische linke Rheinufer, um von dem Straßburger Dome hinüber in die Heimat zu blicken.

Im College of Preceptors wurde ich seit meiner ersten Wahl 1855 bis zu meiner Rückkehr in die Heimat 28 mal hintereinander zum Examinator gewählt. Die Examinatoren nämlich werden jedesmal nur auf ein Jahr gewählt. Im Jahre 1857 erhielt ich vom College das Diplom eines Licentiaten und im Jahre 1858, am 7. April, wurde ich zum Mitgliede des höchsten und leitenden Rates erwählt. Ich war der erste Ausländer in diesem Rate, in welchem ich bis zu meiner Heimkehr saß, nachdem ich 7 mal wieder erwählt ward. In diesem Rate fungierte ich wiederholt als Mitglied der Ausschüsse für „Erziehung", für „Redaktion der Educational Times" und des „litterarischen Ausschusses". Im Jahre 1861 ernannten mich die Mitglieder einstimmig zum Ehren-Fellow, dem höchsten Grade des College und auch diese Ehre wurde in meinem Falle zum erstenmale einem Fremden erteilt. An den im College gehaltenen Vorlesungen und Diskussionen beteiligte ich mich ebenfalls, bei einigen hatte ich den Vorsitz und mehrere meiner Vorlesungen sind in der Educational Times und nachträglich in besonderer Ausgabe im Druck erschienen.

Meine Stellung im College of Preceptors, sowie meine litterarischen Arbeiten führten mich weiter auf meiner neuen pädagogischen Laufbahn, auf der ich aber nie meiner alten Liebe, meines alten Berufsfaches vergaß und teils als Examinator, teils als Schriftsteller mit demselben in steter und treuer Verbindung blieb.

Im Jahre 1860 erschien von mir ein pädagogisches Werk, das von der englischen Presse und eminenten Schulmännern gut aufgenommen wurde: „Exercises in the Art of Thinking and Composition". Diese Elementarlogik verschaffte mir einen Platz in der Reihe pädagogischer Schriftsteller und trug nicht wenig zu meiner unmittelbar nach ihrer Publikation erfolgten Wahl in der University of London und später in der Royal Military Academy bei.

Die University of London, gegründet im Jahre 1838, ist keine Institution im deutschen Sinne. Sie besteht in einem Senat von 38 in der Wissenschaft und Gesellschaft hochstehenden Männern, in 60 Examinatoren und in Examinierten, d. h. Graduierten, welche in 4 Fakultäten geteilt sind, nämlich die des Rechts, der Medizin, der freien Künste, der

Naturwiſſenſchaften. Die Grabuierten bilden die ſog. Convocation, eine Univerſitätskammer und wählen einen Vertreter
für das engliſche Parlament. Die Diplome dieſer Univerſität
ſtehen am höchſten in Großbritannien, was wiſſenſchaftlichen
Wert betrifft. Mit der Univerſität ſtehen in Verband etwa
40 Inſtitutionen, welche lehrende Univerſitäten mit mehr oder
weniger Fakultäten, nach Art der franzöſiſchen Akademien,
ſind, und deren Schüler von der Univerſität London geprüft
werden. Dieſe konföderierten Lehrkörper befinden ſich nicht
nur in London und der engliſchen Provinz, ſondern auch in
den engliſchen Kolonien und Oſtindien. Die Univerſität
London läßt überdies noch ſolche Kandidaten zu ihren Prüfungen zu, die keinerlei Anſtalten beſucht haben, mit Ausnahme
jedoch der mediziniſchen Examen.

Die Univerſität London iſt das höchſte Erziehungsinſtitut
Großbritanniens und die Stelle eines Examinators darin die
höchſte, die ein Gelehrter im Lehrfache erreichen kann. In
dieſer Inſtitution wurde ich vom Senate im April 1860 aus
der Mitte einer Anzahl hochſtehender Kandidaten, zum Examinator in der deutſchen Sprache und Litteratur gewählt. Die
deutſche und franzöſiſche Sprache gehören zu den vorge-
ſchriebenen Fächern für das ſog. Matrikulations-Examen, das
erſte und zweite Baccalaureus Artium Liberalium, das erſte
und zweite Baccalaureus Artium Liberalium „for Honours"
und das Doctor of Literature-Examen. Eine Kenntnis
der deutſchen Litteratur und Litteraturgeſchichte wird ſchon
für das höhere Baccalaureats-Examen in der Fakultät der
Artium Liberalium verlangt. Für den höchſten Grad in dieſer
Fakultät, den eines Doctor of Literature, iſt eine Kenntnis
nicht nur der modernen deutſchen Litteratur, ſondern auch von
Althochdeutſch und Mittelhochdeutſch und hiſtoriſcher Grammatik
vorgeſchrieben und wird eine Kenntnis des Gotiſchen erwartet.

Ein Examinator in der University of London muß jedes Jahr neu gewählt werden und muß, nach den Gesetzen der Institution, nach fünfjährigem Dienste abtreten. Er kann aber nach Abwesenheit von einigen Jahren wieder wählbar sein. Ich fungierte in der Universität von 1860 bis 1865. Ich meldete mich erst wieder in 1877 und wurde seitdem jedes Jahr wieder gewählt, im ganzen zehnmal. Ich hatte während meiner ersten Dienstperiode Gottfried Kinkel als Kollegen.

Der Senat sowohl als der Stab der Examinatoren der Universität London enthielt zu meiner Dienstzeit eine Anzahl in England, teils auch im Auslande berühmter Männer. Kanzler war damals der verstorbene Earl Granville, Leiter der liberalen Partei im Lordshause und Ministerpräsident. Im Senate saßen u. a. Männer wie Faraday, der Historiker George Grote, der Finanzminister Robert Lowe, später zum Viscount Sherbrooke erhoben, der Historiker Lord Acton, ein Freund Döllingers, der Finanzminister Goeschen, der bekannte Physiologe Professor W. B. Carpenter. Unter den Examinatoren hatte ich, unter anderen englischen Berühmtheiten, als Kollegen die Professoren Tyndall und Huxley und meinen Freund und Landsmann Gottfried Kinkel.

Mit mehreren der Genannten traf ich in Privatkreisen zusammen. So speiste ich im Hause Professor Carpenters mit Earl Granville, George Grote, Lord Sherbrooke. Vom gesamten Senate ward ich aufgefordert, Vorschläge über künftige Examenpläne vorzutragen.

Ich kann nicht umhin, an dieser Stelle das traurige Ende meines oben genannten Freundes Professor Carpenter anzuführen. Er erhielt beim Gebrauche eines Dampfbades solche Brandwunden, daß er infolge derselben starb. Ich habe in meiner Schrift über die höhere Frauenbildung in

Großbritannien (S. 180) seiner und seiner edlen Schwester Erwähnung gethan.

Es würde mich zu weit führen, wenn ich hier die Namen aller englischen Gelehrten anführen wollte, mit denen ich in nähere Beziehungen getreten bin. Ich kann mich indes nicht enthalten, drei anzuführen, da mich besondere Veranlassungen mit ihnen bekannt machten. Dem berühmten Faraday und dem bekannten Botaniker Lindley überreichte ich im Namen der Universität Basel, besonders beauftragt von Professor Schönbein, die Ehrendiplome, die die Universität zur Zeit ihres 400 jährigen Stiftungsfestes 1859 obigen Gelehrten zu verabreichen beschlossen hatte. Mit Sir Richard Owen, dem berühmten Paläontologen, trat ich in nähere Beziehung, indem ich für seine wissenschaftlichen Arbeiten ihm Übersetzungen aus deutschen Werken — ohne Honorar natürlich — machte. Er empfahl mich zur Zeit meiner Bewerbung um die Stelle in der Kriegsakademie in Woolwich dem Rat für Militär-erziehung im Kriegsministerium.

Im Jahre 1862 wurde ich Mitglied des Lehrerstabes der Royal Military Academy in Woolwich. Mit dieser Anstellung wurde der deutsche Exilierte ein permanenter eng-lischer Staatsdiener. Die Akademie ist eigentlich eine mili-tärische Hochschule. Das Alter der Kadetten, die als Artillerie- und Genie-Offiziere herangebildet werden, ist das deutscher Universitätsstudenten. Das Einlaßexamen ist ein Konkurrenz-Examen. Am Anfange jedes Semesters werden nur 40 junge Männer als Kadetten zugelassen, welche von einer oft selbst bis zu 300 steigenden Zahl von Mitbewerbern ausgewählt werden. In der Anstalt, deren Kurs zwei Jahre und ein halbes währt, hat der Kadett 5 strenge Prüfungen zu bestehen. Zu meiner Zeit war Professor Max Müller von Orford Examinator im Deutschen. Der Kadett, der mit 6 Prüfungen den Kurs nicht beendigen kann, muß die Anstalt verlassen. Es sind im Plane obigen Studienkurses inzwischen einige Änderungen eingeführt worden. Nach dem Schlußexamen sind die Kadetten Offiziere entweder in der Artillerie oder dem Genie. Die beiden in der Anstalt gelehrten modernen Sprachen sind deutsch und französisch, in welchen Sprachen schon im Zulassungsexamen geprüft wird. An der Spitze eines jeden Unterrichtszweiges in der Anstalt steht ein für sein Fach verantwortlicher Professor, unter ihm arbeiten sog. Instruktoren. Der Unterricht in meinen vorgerückten Klassen bestand in höherem Studium der deutschen Sprache und ihrer Litteraturgeschichte, verbunden mit militärischer Lektüre und Aufsätzen über historische, topographisch = geographische, militärische und selbst hygienische Gegenstände. In dieser Anstalt war ich erst Instruktor und dann seit 1870 das Haupt meiner Abteilung mit dem mir vom Staate verliehenen Titel „Professor". Den Titel Professor, vom Staate verliehen, besitzen in England nur die Häupter von Abteilungen in den wenigen höheren Bildungsanstalten Großbritanniens, welche unter Staatsdirektion stehen. Außer diesen trägt diesen Titel, nicht vom Staate, sondern vom Senate der Anstalt selbst verliehen, eine beschränkte Anzahl von Universitätslehrern — von denen die meisten an den älteren Universitäten Magister heißen. An Sekundärschulen giebt es keine Lehrer mit dem Titel Professor. In England wird ein den Titel Doktor besitzender Gelehrter vorzugsweise mit diesem bezeichnet, auch wenn er den Titel „Professor" hat. Nach einem im Jahre 1870 erlassenen Gesetze dauerte die Dienstzeit eines Instruktors und Professors in der Royal Military Academy nur 6 Jahre und mußte nach Ablauf derselben eine Neuwahl stattfinden. Infolge dessen wurde ich bis zu meinem Rücktritt wiederholt zum Professor gewählt.

Während meiner 21 jährigen Dienstzeit ist eine große Zahl von Offizieren der Artillerie und des Genie durch die Kriegsakademie gegangen, unter denselben der königliche Prinz Arthur, Herzog von Connaught. Viele von meinen Schülern schlummern schon in fernen Ländern, in Indien und Afrika, den Tod der Braven. Auch sie verdienen die unvergängliche Grabschrift, die Alfred Tennyson in seinem schönen Gedichte der berühmten leichten englischen Brigade von Balaklava in der Krim gewidmet:

„Theirs not to make reply,
„Theirs not to reason why,
„Theirs but to do and die."

(„Folg' fest nur dem Gebot,
„Prüf's nicht in höchster Not,
„Vollführ's bis in den Tod.")

Im Jahre 1872 wollte das Schicksal, daß der Sohn des Mannes unter meine Autorität gestellt ward, unter dessen Regierung ich aus Frankreich verwiesen wurde. Der Prinz Louis Napoleon, Enfant de France, war nun ein Schicksalsgenosse. Prinz Napoleon trat nicht nach einem schweren Konkurrenzexamen in die Akademie, wie die andern, sondern als Gast und auf Befehl der Königin. Es war jedoch bestimmt worden, daß er in drei Fächern ein Eintrittsexamen machen sollte: in Mathematik, Englisch und Deutsch. Ich war beauftragt, ihn in letztem Fache zu prüfen. In der Mathematik fiel er gänzlich durch, im Englischen bestand er. Ein Durchfall im Deutschen, also in 2 von den 3 Fächern hätte die Autoritäten hinsichtlich der Zulassung in sehr große Verlegenheit gesetzt. Man wartete daher etwas unruhig auf meinen Bericht. Dieser aber fiel verdientermaßen sehr günstig aus und in einigen Tagen war der Prinz in meiner Klasse als mein Schüler. Er war talentvoll, besaß eine rasche, leichte Auffassung und eine für sein Alter ganz außerordentliche eiserne Ausdauer. Damit verband er großen Fleiß, immer wache Aufmerksamkeit und strikten, exemplarischen Gehorsam in der Klasse. Gegen mich bewies er stets die größte Liebenswürdigkeit, obschon er meine patriotisch-deutsche Gesinnung wohl kannte, und trotzdem daß zur Zeit das Unglück seines Hauses noch frisch an seinem Herzen nagte. Der Prinz sprach geläufig deutsch und sagte oft zu mir, „ich liebe die deutsche Sprache sehr". Als er nach vollendeten Studien die Akademie verließ, schenkte er mir sein Porträt mit Unterschrift.

Unter talentvollen jungen Leuten, älter als er und in allen, aber besonders in mathematischen Studien ihm anfangs weit überlegen, arbeitete er mit erstaunlichem Fleiße seinen Weg vom letzten Platze in der untersten Klasse aufwärts, und war am Ende seines Studienkursus in der Kriegsakademie, kraft eines ganz unparteiischen Konkurrenzexamens, der 7. unter 37 Kandidaten für Offizierstellen in dem Genie- oder Artilleriekorps. Daß er, nebst obigen Soldateneigenschaften, auch Mut besaß, bewies sein trauriges Ende. Aber schon vor diesem legte er einmal eine Mutprobe in der Kriegsakademie ab, die vielleicht hier einen Platz verdient, da sie einen frühen Charakterzug des jungen Mannes darbot. Nachdem ein Feuer am 1. Februar 1873 das ganze Mittelgebäude der Anstalt und darin meinen Lehrsaal nebst Teil meiner Bücher und einigen für den Druck vorbereiteten Manuskripten von mir vernichtet hatte, war Napoleon nach Erlöschen des Feuers im Begriffe, einem Klassendiener in meinen Lehrsaal zu folgen, um von meinem Eigentum noch retten zu helfen, was nicht zerstört war. Dieses war ein höchst gefährliches Unternehmen wegen fortwährend herabfallender

Steine und Gebälke, und nur seine Umgebung zwang den Prinzen, von seinem Vorhaben abzustehen.

Es scheint mir hier am Platze zu sein, noch einige Worte über das traurige Ende des Prinzen Napoleon beizufügen. Nach Ausbruch des Zulukrieges im Jahre 1879 begab sich Prinz Napoleon nach Südafrika, um am Kriege teilzunehmen. Sein Zweck war offenbar, in Frankreich Eindruck zu machen. Es war ein politischer Schritt, denn die Zulufrage konnte für ihn kein Interesse haben. Er hätte Gelegenheit gehabt, sich an einem viel interessanteren, vom militärischen Standpunkte wichtigeren englischen Feldzuge zu beteiligen, rem letzten Kriege gegen Afghanistan, allein davon hielten ihn politische Rücksichten ab. Er wollte Rußland, den Grenznachbarn von Afghanistan, nicht beleidigen, das damals mißtrauisch und argwöhnisch auf Englands Vorgehen blickte. Der junge Prinz hatte offenbar damals schon eine künftige Annäherung an Rußland im Sinne. Der Oberbefehlshaber des englischen Heeres, der königliche Herzog von Cambridge, hat dem damaligen Kommandanten der englischen Truppen in Südafrika eindringlich anempfohlen, auf den Prinzen ein scharfes Auge zu richten, da er zu tollkühnen Streichen geneigt wäre.

Ein solcher tollkühner Streich führte seinen Tod herbei. Einige Tage vor seinem unglücklichen Ende war er mit Not den Assegays der Zulus entkommen. Er ließ sich aber dadurch nicht einschüchtern. Am 1. Juni kommandierte er mit einigen Soldaten der Kapkolonie, nicht von den königlich englischen Truppen, eine Rekognoszierung, wobei ihn ein Offizier der englischen Armee als Freiwilliger begleitete. Ganz gegen alle Regeln militärischer Vorsicht, stiegen sie von ihren Pferden und lagerten im Feindesland an einer mit über 6 Fuß hohem Grase bewachsenen Stelle, ohne Ausstellung von Posten. Das

Gras erreicht in jenem Lande eine erstaunliche Höhe. Da wurden sie plötzlich, ungewarnt, von einer Schar Zulus überfallen, eine mutige herkulische Rasse, die aus dem hohen Grase auf sie eindrangen. An Aufstellung, Sammlung, gemeinsamen Widerstand gegen die Übermacht war nicht zu denken. Da hieß es sauve qui peut. Alle rannten nach ihren grasenden Pferden, schwangen sich auf sie und galoppierten, ohne sich umzusehen, davon. Prinz Napoleon war der beste Reiter der Kriegsakademie gewesen. Als er aber auf sein Pferd sprang, riß der Sattelgurt, und der Sattel mit dem Reiter glitt herunter. Ehe er auf das sattellose Pferd sich schwingen konnte, standen schon Zulus vor ihm mit ihren Assegays, eine Art von Schwertspeer. Er floh nicht, konfrontierte sie und verteidigte sich brav mit seinem Säbel, sank aber bald von vielen Stichen in die Brust durchbohrt nieder.

Des hohen Grases wegen wußte niemand von der Begleitung des Prinzen, daß dieser zurückgeblieben war, da sie sich im Grase nicht sehen konnten. Sie glaubten alle, daß er mit ihnen entronnen wäre, was auch der Fall gewesen wäre, wenn er, ohne einen Augenblick zu verlieren, auf seinem Pferde hätte davon reiten können. Wäre der Überfall auf offenem Felde geschehen, so hätte man mit Fug und Recht sagen können, daß er im Stiche gelassen worden sei. Der große Fehler war, keine Posten auszustellen und inmitten des nahen Feindes sorglos im hohen Grase zu lagern.

Die näheren Einzelheiten über die Ursache des Zurückbleibens, die Verteidigung und den Tod des Prinzen erfuhr man nachträglich von den angreifenden Zulus selbst, die den Prinzen nicht kannten und keine Ahnung von seinem hohen Range hatten.

Einige Wochen darauf kam die durchbohrte Leiche Prinz Napoleons in demselben Woolwich an, wo er seine militärische

Erziehung erhalten und wohl seine schönsten Jugendjahre verbracht hatte. Es war ein trauriger Anblick, als der Sarg,
der ihn barg, von der Themse hinauf nach Woolwich Common,
vorbei an der Kriegsakademie, wo er so viele glückliche Tage
verlebt, begleitet von der Kompagnie der Kadetten in lang-
samem Trauermarsch nach dem benachbarten Chislehurst gebracht ward, wo sein Vater die letzten Tage seines abenteuerlichen Lebens verbracht hatte. Er wurde daselbst in einer
kleinen, neugebauten Kapelle neben seinem Vater gebettet, durch
seinen frühzeitigen Tod befreit von einem abenteuerlichen, vielleicht unheilvollen Leben, das seiner wartete. In Frankreich
machte sein Ende einen tiefen Eindruck, besonders auf die
Armee, wo sich erst nach seinem Tode herausstellte, welchen
großen Anhang er unter den Offizieren und besonders den
Unteroffizieren hatte. Selbst die politischen Gegner des Kaiser-
reichs, die ehedem ihre Witze gegen den Prinzen Lulu losge-
lassen,* änderten ihren Ton und sprachen mit Achtung von
dem Gefallenen.

\*　　　\*

Nebst den angeführten Stellungen im College of Preceptors, der University of London, der Royal Military
Academy bekleidete ich noch einige anderen als Examinator.
Im Jahre 1862 aber, nicht lange nach meiner Anstellung
in der Royal Military Academy, wurde mir ein Posten angeboten, dessen Annahme meiner Lebensbahn eine ganz andere
Richtung gegeben hätte. Der Bibliothekar der Königin in Schloß
Windsor, mein verstorbener Freund Mr. B. B. Woodward,
bot mir, mit Zustimmung der Königin, den Posten eines

---

* Nach der Aufnahme in die Akademie war Prinz Napoleon
in seinem ersten Semesterexamen der letzte, der 25. in seiner Klasse,
und die französischen Zeitungen nannten ihn spöttisch numéro
25. Im Examen der höchsten Klasse war er hingegen der 7. unter
37 sehr begabten jungen Männern.

Privat-Bibliothekars und Sekretärs derselben an.
Ich wollte aber meinen seit 1854 gewählten neuen Beruf
nicht wieder aufgeben, so ehrenhaft der Posten war. Obwohl
der Königin meine politischen Antecedentien von Mr. Woodward mitgeteilt worden waren, so erklärte sie sich dennoch
bereit, mir den Vertrauensposten zu übertragen. Ein großer
Zug im Charakter der hohen Frau!

Von 1861 bis Ende 1881 führte ich die sog. Präli-
minarexamen des Royal College of Surgeons of England,
teils in Naturgeschichte und Physiologie, teils in Deutsch.
Von 1860 bis 1877 war ich Examinator in Französisch und
Deutsch im Royal Medical College zu Epsom und einige
Zeit in Stationers' Grammar School. Ich examinierte
wiederholt in andern großen sog. Public-Schools, u. a. in
Cheltenham College und Victoria College, das Staats-
gymnasium der normännischen Insel Jersey, wo Examinatoren von den Universitäten von London und Paris als Kollegen zusammenwirkten. Im Jahre 1880 wurde ich Examinator bei den Antipoden. Die Universität von Neu-
Seeland ernannte mich zu ihrem Examinator in deutscher
Sprache, Litteratur und Litteraturgeschichte. Das Examen
war nur schriftlich und für höhere Grade.* Im Ganzen
habe ich in England über 300 öffentliche Examen geführt.

Im Juli 1882 trat ich wieder als Examinator von der
Universität London zurück. Meine zweite Periode von fünf
Dienstjahren war wieder zu Ende.

In demselben Monate endigte meine Dienstperiode in
der Royal Military Academy zu Woolwich. Obwohl man
mir daselbst bei meiner Wiederernennung (April 1879) eine
volle neue Anstellungsperiode, jetzt von sieben Jahren, ange-

---

* Näheres hierüber in meiner Schrift: „Die höhere Frauenbildung in Großbritannien" S. 198.

boten hatte, so nahm ich nur drei Jahre davon an, um
meinen Rücktritt von der Akademie und der Universität Lon-
bon auf dieselbe Zeit zu verlegen. Ich bedurfte einiger Ruhe,
denn meine Gesundheit hatte unter dem Einfluß eines auf-
reibenden Berufslebens in London sehr gelitten. Der gesamte Stab der Kriegsakademie gab mir am 5. Juli 1882
ein Abschiedsbankett, wobei meiner auf die anerkennendste und
liebevollste Weise gedacht wurde.

Bei der halbjährlichen feierlichen Promotion der Kadetten
und Beförderung der Kadetten der höchsten Klasse zu Genie-
und Artillerielieutenants, unter dem Präsidium des königlichen Herzogs von Cambridge, Feldmarschall und Oberbefehlshaber der englischen Armee, gedachte der Gouverneur auch
meiner in seinem halbjährlichen Berichte, den er bei dieser
Gelegenheit öffentlich vorlas, mit folgenden Worten:

„The Royal Military Academy is about to lose
one of its most experienced and able Officers in
Dr. C. H. Schaible, M. A., M. D., Ph. D., who, as
Professor has nearly completed 21 years service at
this Institution, and now retires on superannuation.

Dr. Schaible has given most valuable assistance
to myself and my predecessors by his admirable teaching, his kind but firm ruling in his classes, and by
his thorough co-operation at our Board Meetings, on
the Library Committees, and whenever called upon.

Dr. Schaible takes with him the cordial good
wishes of the Gentlemen-Cadets, of myself, and of all
his colleagues of the staff".

[Official Extract from the Report of General J. F. M.
Browne, C. B., R. E. Governor of the Royal Military Academy,
to His Royal Highness, the Duke of Cambridge. Woolwich:
24. July, 1882.]

(Deutsch: „Die königliche Kriegs-Akademie ist auf dem

Punkte, einen ihrer erfahrensten und tüchtigsten Beamten zu verlieren in der Person von Dr. K. H. Schaible, M. A., M. D., Ph. D., welcher als Professor dieser Anstalt beinahe 21 Dienstjahre vollendet und sich nun mit einer Staats-pension zurückzieht.

Dr. Schaible hat mir und meinen Vorgängern im Amte die wertvollste Hilfe geleistet durch seinen bewundernswerten Unterricht, durch seine gütige aber feste Disziplin in seinen Klassen, und durch seine gründliche Mitwirkung bei unsern Stabskonferenzen, im Bibliotheks-Ausschusse, und so oft er um Dienstleistungen ersucht wurde. Dr. Schaible nimmt mit sich die herzlichen Wünsche für sein Wohlergehen von den Gentlemen-Kadetten, von mir selbst, und von allen seinen Kollegen des Stabes.")

[Offizieller Auszug vom Bericht des Generals J. F. M. Browne, C. B., R. E. Gouverneur der königl. Kriegsakademie (24. Juli 1882) an Seine königliche Hoheit den Herzog von Cambridge, Feldmar-schall, Oberbefehlshaber der englischen Heere, Präsident der Kriegs-akademie.]

Vor Schluß der Feierlichkeit hielt der Herzog von Cambridge noch eine Anrede an die versammelten hohen Militär- und Zivilpersonen des Kriegsministeriums und Ver-treter des Heeres, an den Stab der Kriegsakademie und die Kadetten. Er schloß seine Ansprache mit folgenden Worten:

„Before concluding I have still a pleasant duty to perform. Dr. Schaible, in years of service the oldest member of the educational staff of the Royal Military Academy, is going to retire after 21 years service.

I cannot let him depart without expressing on this occasion in the name of the Royal Military Aca-demy and of the Department of Military Education in the War Office our high appreciation of his services.

Dr. Schaible retires from this Institution followed by the regrets of the authorities, and of the staff.

I am happy to be able to assure him that he has obtained the approval of all under whom he has worked during his long service; that, by a strict but kindly discipline, by his great powers of imparting instruction, by his unceasing attention to his duties, by his high attainments, he has won the respect and attachment of the Gentlemen-Cadets, of his colleagues and of the authorities.

May good fortune accompany him in his future career and may he preserve a pleasant remembrance of this noble institution, in which he has laboured so long and so successfully."

(Deutſch: „Ehe ich ſchließe habe ich noch eine angenehme Pflicht zu erfüllen. Dr. Schaible, an Dienſtjahren das älteſte Mitglied des Erziehungsſtabes der königlichen Kriegsakademie, iſt im Begriffe ſich nach 21 Dienſtjahren zurückzuziehen.

Ich kann ihn nicht abtreten laſſen ohne bei dieſer Ge= legenheit im Namen der königl. Kriegsakademie und der Sektion der Militärerziehung im Kriegsminiſterium unſere hohe Würdigung ſeiner Dienſte auszudrücken. Dr. Schaible zieht ſich von dieſer Anſtalt zurück, begleitet vom aufrichtigen Bedauern der Behörden und des Stabes über ſein Scheiden.

Es freut mich, ihm verſichern zu können, daß er das Lob aller Derer gewonnen, unter welchen er während ſeiner langen Dienſtzeit gearbeitet hat; daß, durch eine ſtrikte aber verſöhnliche Disziplin, durch ſein großes Lehrtalent, durch ſeine unermüdliche Beobachtung ſeiner Pflicht, durch ſeine umfaſſenden Kenntniſſe, er die Achtung und die Liebe der Gentlemen=Kadetten, ſeiner Kollegen und der Behörden er= langt hat.

Möge das Glück ihn auf seiner künftigen Lebensbahn begleiten und möge er eine angenehme Erinnerung bewahren an diese edle Institution, in der er so lange und so erfolgreich gearbeitet.")

Berichte über obige Feier, sowie auch über die Worte, welche der Herzog von Cambridge und der Gouverneur an mich, der gegenwärtig war, gerichtet, erschienen in den Zeitungen Londons, in den einen mehr, in den andern weniger vollständig.

So schmeichelhaft und befriedigend obige gütigen und herzlichen Abschiedsworte für mich sein mußten, so machten sie mir noch schwerer den Abschied von einer großen Anstalt, welcher ich die besten Lebensjahre gewidmet, der ich von ganzem Herzen ergeben war. Mit Schmerz trennte ich mich von guten Kollegen und von einer frischen, warmherzigen, offenen und talentvollen Jugend, deren Umgang verjüngend und anregend auf mich gewirkt hatte. Gegen keinen unter meinen Schülern hatte ich während der letzten zehn Jahre meines Dienstes weder eine Strafe zu verhängen, noch eine Beschwerde einzureichen. Diese Thatsache sei hier angeführt nicht zu meiner, sondern zu meiner Schüler Ehre.

Ein Jahr, nachdem ich mich von der Kriegsakademie zurückgezogen hatte, wurde die Anstalt von sogenannten königlichen Inspektoren besucht, bestehend aus hochstehenden Offizieren und Gelehrten. Die Berichte solcher Inspektoren werden alljährlich den beiden Parlamentshäusern in gedruckten Heften, sog. blue Books, vorgelegt. In dem „Report of the Board of Visitors appointed for the year 1883 to inspect the Royal Military Academy, Woolwich, presented to both Houses of Parliament by Command of Her Majesty" steht, Seite 1, folgende Passage:

„The Academy has suffered a great loss in the retirement of Dr. Schaible, Professor, who was super-

annuated in September last, after a very able and
devoted Service of 21 years."

(Deutſch: Die Akademie hat einen großen Verluſt durch
den Rücktritt von Dr. Schaible, Profeſſor, erlitten, der im
vergangenen September penſioniert worden iſt, nach einer
ſehr tüchtigen und pflichttreuen Dienſtleiſtung von 21 Jahren.)
Obiger Bericht, gedruckt als ſog. blue Book und im
Buchhandel zu haben, erſchien im Auguſt 1883. Die In-
ſpektion fand ſtatt im Juli 1883 — gerade ein ganzes
Jahr nachdem meine Dienſte in der Kriegsakademie geendet
hatten. Obige Paſſage wurde in mehreren engliſchen Blättern, u. a. in Public Opinion (13. Oktober 1883) abgedruckt.
Ich war der erſte zurückgetretene Zivilprofeſſor der Anſtalt, der
im offiziellen Jahresberichte der königlichen Inſpektoren an das
Parlament genannt worden iſt und einen Nachruf erhalten hat.

\* \* \*

Aber nicht allein als Lehrer, als Examinator, als Ver-
faſſer von Werken über Erziehung habe ich in England gearbeitet. Ich habe auch einen Anteil an der Organiſation,
Hebung und Führung der Erziehung in weiterem Sinne genommen, 25 Jahre als Mitglied des Senates des College
of Preceptors und auch als einer der Gründer und jahrelang einer der unſalarierten Direktoren des London International College zu Jſleworth, anfangs unter dem Vorſitz
von Richard Cobden und 1862 vom Prinzen von Wales eröffnet. Unter meinen Kollegen im Direktorium befanden ſich
die Profeſſoren Tyndall und Huxley. Es wurde mir auch
wiederholt die Direktorſtelle größerer engliſcher Schulen, ſowie
auch eine Profeſſur an einer engliſchen Univerſität angeboten.
Ich zog aber meine Stellung vor, die mir Muße für lit-
terariſche Arbeit bot.

# VIII.

## Litterarische Arbeiten.

### Stellung in gelehrten Gesellschaften.

Als Schriftsteller habe ich in d e u t s ch e r und in e n g -
l i s ch e r Sprache gearbeitet. Die meisten meiner Schriften
gehören in das Fach der Erziehung im weiteren Sinne, Organisation der Erziehung und Volkserziehung inbegriffen. Diesen
Charakter tragen selbst meine populär-medizinischen Schriften.
Nach meiner schon erwähnten Logik „Art of Thinking",
die 1860 erschien und selbst in ostindischen Schulen in Gebrauch kam, erschien 1863 meine Schrift: „Theory and
Practice of Teaching Modern Languages in Schools",
die aus einer im College of Preceptors gehaltenen und
diskutierten Vorlesung hervorging, in der englischen Presse
sehr günstig kritisiert und in dem Elphinstone School-Paper
in B o m b a y, Indien, einer Monatsschrift, schon in den
Monatsheften Oktober, November 1863, Januar, Februar
1864 in extenso abgedruckt wurde.

Im Jahre 1864 erschien mein Werk: „First Help in
Accidents", das ich schon in der ersten Zeit meines Exiles
in Straßburg angelegt. Das Buch wurde nicht nur in der
englischen Tagespresse — in mehr als 20 Zeitungen — sondern
auch in der pädagogischen Presse, u. a. Educational Times
(Dezember 1./1864), — sowie auch in der strikt wissenschaft-

lichen medizinischen Presse, u. a. der Medical Times (Mai 20./1865), äußerst günstig aufgenommen. Auszüge von diesem Buche finden sich in mehreren englischen Schulbüchern. Auch wurde es zur Vorbereitung für populäre Examen in Sanitätsfächern gebraucht, die allmählich in England mehr und mehr in den Bereich der allgemeinen Erziehung gezogen werden. Diesen letzteren Zweck hatte ich mit obigem Buch im Auge. Obwohl chirurgischen Charakters, sollte das Werk die Aufnahme eines bisher vernachlässigten Gegenstandes in den Schulunterricht befördern. Ich schlage nämlich in der Einleitung vor, in den höheren Klassen praktisch-theoretische Anleitung zur ersten Hilfeleistung in schweren Zufällen, durch Ärzte gegeben, einzuführen und so den Arzt zum Lehrer zu machen.

Zur Zeit (1864), als mein Werk „First Help in Accidents" erschien, dessen erste Auflage von 2000 Exemplaren in 2 Monaten vergriffen war, gab es in England keinerlei Unterricht in rascher Hilfeleistung bei schweren Zufällen. Seit jener Zeit aber hat England in dieser Richtung große Fortschritte gemacht, und dürfte Deutschland hierin zum Vorbilde dienen. Es hat sich in letzter Zeit eine Association gebildet, die allmählich große Ausdehnung gewann, in jeder Stadt Englands sog. Zentren hat mit Lokalausschüssen für Männer und Frauen besonders. Dieser große Verein, zu dem eine Anzahl hochstehender Personen beiderlei Geschlechtes gehört, heißt: St. John's Ambulance Association, und steht unter dem Kapitel des Ordens von St. John of Jerusalem in England. Diese Gesellschaft veranstaltet Kurse von Vorlesungen durch Ärzte über die Umrisse der Anatomie des menschlichen Körpers, und die erste Hilfeleistung bei allen Arten schwerer Zufälle, mit praktischen Übungen im Anlegen von Verbänden Aderpressen, Schienen bei Knochenbrüchen, Wiederbelebungsverſuchen bei Scheintoten ꝛc., Krankenpflege, Ventilation der Krankenzimmer ꝛc. Am Ende jedes Unterrichtskurſes werden die Schüler und Schülerinnen von Ärzten geprüft und er- halten — bei gutem Erfolge — Zeugniſſe. Dieſer Unterricht, beſonders in Frauenklaſſen, wird von Frauen und Mädchen der beſten Geſellſchaft ſehr ſtark beſucht.

Im Jahre 1865 erſchien, auf meine Veranlaſſung, eine engliſche Überſetzung von Mittermaiers Werk über die Todesſtrafe, ausgeführt vom ſchottiſchen Advokaten John Macrae Moir. Für dieſes Werk ſchrieb ich als Einleitung eine längere biographiſche Skizze des berühmten und edlen deutſchen Juriſten.

Im Jahre 1868 erſchien bei Braumüller in Wien eine Lieblingsſchrift von mir, deren erſte Anlage ebenfalls in den erſten Monaten meines Exiles entſtand, aber lange andern, dringenderen Arbeiten weichen mußte. Es iſt dies mein Buch: „Geſundheitsdienſt im Krieg und Frieden, ein Vade-Mecum für Offiziere". Dieſe Arbeit, die Frucht des Studiums zahlreicher engliſcher, deutſcher, franzö- ſiſcher, italieniſcher und amerikaniſcher Fachwerke und Schriften, iſt das erſte populäre Werk der Art, das· in Deutſchland er- ſchien. Auch die engliſche und franzöſiſche Litteratur beſitzt heute noch kein ähnliches. Es wurde von der deutſchen und öſterreichiſchen Preſſe, insbeſondere aber von der militäriſchen freundlichſt willkommen geheißen. Das „Kriegerheil" in Berlin kritiſierte es ſehr günſtig (Dezember 1868) und empfahl es im Auguſt 1870 den deutſchen Offizieren als Vade-Mecum für den Feldzug. Größere günſtige Rezenſionen mit Auszügen erſchienen u. a. im „Feldarzt" in Wien (20. Oktober 1868), im Litteraturblatt zur „Allgemeinen Militärzeitung" in Darm- ſtadt (31. Oktober 1868) und in zahlreichen deutſchen Tages- zeitungen. Der jüngſt verſtorbene Oberbefehlshaber der öſter-

reichisch-ungarischen Armee, Se. Kaif. Hoheit Feldmarschall
Erzherzog Albrecht, drückt sich in einem Schreiben an mich,
datiert Wien, 29. Oktober 1868, anerkennend über mein
Buch aus. Der Sieger von Custozza sagt darin u. a.:
„Da es seit Jahren mein stetes Bemühen ist, so viel als es
in meinen Kräften steht für die Gesundheit des Soldaten
Sorge zu tragen, so hoffe ich manches Neue und Lehrreiche
in dem Buche zu finden, welches mich schon beim ersten, flüchtigen Durchblättern lebhaft angeregt hat. Wer so, wie ich,
sein ganzes Leben dem Soldatenstand geweiht hat, kann am
Besten beurteilen, wie wichtig und notwendig solche Vorschriften sind. Empfangen Sie meine besten Wünsche für
die Weiterverbreitung Ihres zu unserem Wohle geschriebenen
Werkes." Ich hatte ursprünglich vor, diese Schrift als Unter-
richtsbuch in der Royal Military Academy zu brauchen.
Ich fand aber, daß es zu einem solchen Zwecke zu sehr Spezial-
werk wäre, benutzte es aber sehr oft in meinen höheren Klassen
zu Aufsatzübungen. Auch in deutschen Kriegsschulen wurde
es gelesen.

In der Einleitung zu diesem Werke schlage
ich einen hygienischen Unterricht für alle Soldaten vor, da ein solcher nicht nur dem Heere
nützlich sein, sondern dazu beitragen würde, im
ganzen Volke gesunde Ansichten und Gewohnheiten zu verbreiten. Ich will das Heer zur
hygienischen Volksschule machen. Insofern ist auch
dieses Buch pädagogischen Charakters.

Ein Kapitel dieses Buches wurde nach Ausbruch des
französisch-deutschen Krieges 1870 unter dem Titel „Selbsthilfe auf dem Schlachtfelde" separat abgedruckt und
gratis unter die deutschen Truppen verteilt. Der Londoner
deutsche Hilfs-Ausschuß ließ durch Trübner & Co. 3000 Exem-

plate druden und nach Deutschland schiden. Dort auch
wurden viele Tausende abgedruckt und verteilt.* Ich hatte
die Genugthuung, von einem badischen Offizier zu hören, daß
er meiner „Selbsthilfe" das Leben verdanke. Bei Nuits
durch zwei Musketenschüsse schwer verwundet und in Gefahr
zu verbluten, verband ihn ein Unteroffizier, der meine „Selbsthilfe" hatte und. konsultierte, so zweckmäßig, daß der erst
später dazukommende Feldarzt seinen Verband nur loben
konnte. Dieses Beispiel, das mir direkt vom Verwundeten
selbst zu Ohren kam, bestärkte mich noch mehr in meiner
Ansicht über die Nützlichkeit hygienisch-chirurgischen
Unterrichtes in Schulen — durch Ärzte.

Im Jahre 1869 erschien von mir eine englische Über-
setzung einer vortrefflichen Heidelberger Universitäts-Denkschrift
von Helmholtz unter dem Titel: „On the Relation of the
Natural Sciences to the Totality of the Sciences", eine
Arbeit, die zuerst in der Educational Times und darauf in
Separat-Abbruck erschien.

In demselben Jahre kam bei Julius Springer in Berlin
ein anderes deutsches Werk von mir heraus: „Die Todes-
und Freiheitsstrafe, mit besonderer Rücksicht
auf England", dem Andenken Mittermaiers gewidmet.
Schon diese Widmung zeigt, daß die Tendenz des Buches
die Abschaffung der Todesstrafe ist. Auch diese Schrift erfreute sich einer freundlichen Aufnahme in meinem alten
Heimatlande. **

Ein anderes pädagogisches Werk von mir erschien im

---

* Mein alter Freund, Oberhofgerichtsrat Dr. Ottendorff in
Mannheim ließ u. a. eine große Anzahl davon auf eigene Kosten
druden und an die badischen Truppen verteilen.

** Leider ging eine große Anzahl mir von meinem Verleger ge-
sandter deutscher Rezensionen über dieses Werk auf der Post verloren.

Frühjahr 1870, deſſen Beſtimmung war, auf die damals er-
öffneten Verhandlungen über eine neue Organiſation der Erziehung im engliſchen Parlamente einen Einfluß zu üben.
Ich ließ das Werk auf eigene Koſten drucken und in großer
Zahl an Parlamentsmitglieder gratis verſenden. Ich erhielt
von manchen derſelben, beſonders von Führern der Erziehungs-
reform, billigende und anerkennende Briefe u. a. von dem
ſpäteren Haupte des Unterrichtes im britiſchen Miniſterium,
the Rt. Hon. A. J. Mundella M. P. Mr. Mundella
ſagt am 6. März 1870 u. a. in ſeinem Briefe an mich:
„Accept my thanks for your very excellent Essay. It
will prove most valuable at this juncture.
I have already read it through, and cannot speak too
highly in its praise.“ (Deutſch: Empfangen Sie meinen
Dank für Ihre ganz ausgezeichnete Abhandlung. Sie wird
ſich im gegenwärtigen Augenblick als höchſt wertvoll erweiſen.
Ich habe ſie ſchon ganz durchgeleſen und kann ihrem Wert
nicht zu viel Lob ſpenden.) Dieſes Werk: „The State and
Education; an historical and critical Essay, with special
reference to Educational reform“, gewann ebenfalls die
Anerkennung eminenter Schulmänner. Es diente einem peru-
vianiſchen Werke: Apuntes acerca de la instruccion púb-
lica etc. por J. G. Del Castillo (1873), zur Grundlage.
Viele engliſche, auch mehrere deutſche und amerikaniſche Zeitungen haben der Arbeit ehrenvoll erwähnt, u. a. die Wiener
„Deutſche Zeitung“, welche ihr (12. Juli 1872) einen längeren
Artikel widmete, unterzeichnet von Profeſſor Dr. Honegger
in Zürich. Erwähnenswert dürfte wohl ſein, daß Louis Blanc,
ein vieljähriger Freund und Exilgenoſſe von mir, in Paris
in einem ſog. Lettre-discours (November 1876), über Volkserziehung obigem Werke manches entlehnt hat.
    Von 1870 an trat in meiner litterariſchen Thätigkeit

ein Stillstand ein infolge anstrengender Berufsarbeiten und eines peinlichen Augenleidens, die Folge meiner Haft im Jahre 1847, von dem ich noch nicht ganz befreit bin. Im Jahre 1878 aber erschien bei Trübner & Co. in London ein anderes Werk von mir, betitelt: „An Essay on the Systematic Training of the Body". Es war dieses Buch von mir einem alten beim Heilbronner deutschen Turnfest im August 1846 gekrönten Turner, dem Andenken Vater Jahns, bei dessen hundertjähriger Geburtsfeier es erschien, und in zweiter Reihe dem Londoner deutschen Turnvereine gewidmet, der Jahns Geburtstag feierte. Der geniale deutsch-englische Künstler Hubert Herkomer, Mitglied der königlich englischen Kunstakademie, machte für das Werk eine vortreffliche Radierung Vater Jahns. Das Buch besteht aus einem historischen und einem physiologisch-hygienischen Teil. Es erfreute sich einer guten Aufnahme von seiten eminenter Schulmänner und hochstehender Ärzte, sowie in der englischen, deutschen und amerikanischen Presse. Wertvoll waren für den Verfasser die Ansichten der englischen medizinischen Presse, von welcher die höchststehenden Organe Lancet (28. September 1878), British Medical Journal (9. November 1878), Medical Times and Gazette (8. Februar 1879) höchst günstige Beurteilungen des Werkes brachten. Auch das Leipziger Litterarische Zentralblatt widmete demselben anerkennende Worte (8. März 1879). Aber von höherer Bedeutung für meine Zwecke, da ich kein Lob einernten, sondern wirken wollte, war die Aufnahme obigen Buches in Professor Reclams trefflichem hygienischen Blatte: „Gesundheit", in dem nicht nur eine zustimmende Rezension des Buches erschien, sondern auch in 3 verschiedenen Nummern 10, 12 und 13 im Jahre 1879 eine vortreffliche Übersetzung mehrerer ganzer Kapitel daraus, mit der Empfehlung einer deutschen Herausgabe des Ganzen. Der physio-

logische Teil obigen Werkes war früher schon Gegenstand einer
Vorlesung von mir im College of Preceptors gewesen und
erschien im März 1873 in der Educational Times. Durch
ein hervorragendes Mitglied, Sir Jakob Behrens, damit be-
kannt gemacht, machte die Abhandlung damals einen solchen
Eindruck auf den Schulrat und den Direktor des neuen großen
Gymnasiums (Grammar-School) in Bradford, der großen
Fabrikstadt in Yorkshire, daß sie dadurch bestimmt wurden,
den Bau einer Turnhalle mit einer Ausgabe von 4000 Pfd.
Sterling auszuführen und auf meine Veranlassung physische
Erziehung zum wesentlichen Teil des Unterrichts
erhoben.

Mein nächstes Werk war wiederum in meiner Mutter-
sprache und gehört in die Klasse der kulturhistorischen Arbeiten. Es erschien bei Trübner in Straßburg im Jahr 1879
unter dem Titel: „Deutsche Stich- und Hiebworte",
und handelt über Schelt-, Spott- und Schimpfwörter, über
Verfluchungen und Flüche vergangener, der sog. frommen,
guten, alten Zeiten. Es ist ein Sittengemälde, eine Kultur-
geschichte eigener Art und ging aus einer Vorlesung hervor,
die ich im Londoner deutschen Athenäum gehalten, dem das
Werk gewidmet ist. Trotz des abstoßenden Titels fand das
Werk in meinem Heimatlande eine freundliche Aufnahme und
günstige Beurteilung und viele Blätter erwähnten desselben
anerkennend, u. a „das Leipziger Litterarische Zentralblatt"
(22. November 1879), das Litteraturblatt „Schwäbische Kro-
nik" (20. Juli 1879), das deutsche Montagsblatt, Berlin (14.
Juli 1879), die Kölnische Zeitung (23. August 1879) in zwei
Kolonnen, die Karlsruher Zeitung (27. und 28. August 1879)
mit Auszügen, die Didaskalia, Beilage des Frankfurter Jour-
nals (in drei Nummern 29., 30. und 31. Oktober 1879),
die Westliche Post (Vereinigte Staaten 28. Sept. 1879),

die Vossische Zeitung, Sonntagsbeilage (August 1881), Blätter
für litterarische Unterhaltung, unterzeichnet von Sanders (Nr. 19,
11. Mai 1882), und manche andern.

Im Juli 1882 erschien bei Aug. Siegle in London ein
Schriftchen von mir: „Der Salzbund, ein Zweig des
Freimaurerordens im 18. Jahrhundert". Dieses bescheidene
Werkchen ist der deutschen Pilgerloge in London gewidmet,
welche schon im Jahre 1779 gegründet ward.

Im Frühjahr 1882 schrieb ich auf Aufforderung des
Sekretärs der Kriegsakademie, Genieoberst W. D. Marsh eine
englische Denkschrift über das Sprachstudium in der Akademie, eine historisch-kritische Abhandlung, mit einem Kapitel
über Leben und Vorfälle in der Anstalt während meiner
21 jährigen Dienstzeit. Diese Denkschrift wurde einstweilen
im Archiv der Anstalt deponiert und es ist beabsichtigt, sie
nebst andern zu publizieren.

Für meine gelegentlichen journalistischen Arbeiten in
englischen und deutschen Blättern ist hier der Platz nicht.
Doch dürften hier noch zwei Nekrologe erwähnt werden, da
sie zwei intimen Freunden galten. Der erste erschien (4.
Dezember 1880) in der Londoner Zeitung Hermann als:
„Skizze aus dem Leben des deutschen Verbannten Rudolf Reul
Dr. med., geboren in Offenburg 1826 und gestorben in
Delphos, Ohio, U. S. im Jahre 1879 infolge einer Wunde,
die er im Kriege gegen die Sklavenhalter erhalten." Diese
Skizze wurde zur Zeit in vielen deutschen Blättern wieder
abgedruckt. Der andere Nekrolog galt dem braven elsässischen
Bildhauer Andreas Friedrich, erschien in der „Bauhütte" von
Findel (23. Dezember 1882) und war eine Abkürzung einer von
mir gehaltenen größeren Gedächtnisrede in der Londoner
deutschen Pilgerloge, deren Ehrenmitglied Friedrich gewesen.

Was ich bisher in England veröffentlicht, schuf ich unter

keinen geringen Schwierigkeiten, welche diejenigen wohl zu beurteilen wissen, denen meine vielseitigen und anstrengenden Berufsarbeiten bekannt sind und die das aufreibende Leben in London mit dessen zeitraubenden Entfernungen kennen, Entfernungen, denen ich täglich oft vier Stunden Reisens zu opfern hatte. Wer den Buchhandel kennt, weiß zudem wohl, daß, mit Ausnahme belletristischer und unterhaltender Werke, Bücher wohl viele Mühe, aber kein Geld eintragen. Einige meiner Werke ließ ich auf eigene Kosten drucken und verteilte eine große Anzahl davon gratis, um für meine Ideen Propaganda zu machen, u. a. meine schon erwähnten Schriften: „The State and Education", die massenweise verteilt wurde, meine „Systematic Training of the Body", meine Übersetzung der Vorlesung von Helmholtz, meine Abhandlung über den Unterricht in modernen Sprachen, welch letztere ich an hunderte von Lehrern und Lehrerinnen verteilen ließ. Das Manustript meiner „Todes- und Freiheitsstrafe" überließ ich dem Verleger ohne Honorar. Meine Bücher „Art of Thinking" und „First Help in Accidents", von denen das erstere ganz verkauft ward, das letztere sich massenweise verkaufte, brachten mir keinen Heller ein — denn meine Verleger wurden insolvent. Mein „Gesundheitsdienst im Krieg und Frieden" hat mir ebensoviel für die zu den Vorstudien und der Ausarbeitung nötigen deutschen, englischen, französischen, italienischen und amerikanischen Werke gekostet, als das Honorar des Buchhändlers betrug. Was ich bei der Ausarbeitung meiner Schriften ganz allein im Auge hatte, war mit meinen schwachen Kräften zum Wohle meiner Mitmenschen beizutragen. Während meines langen Aufenthaltes in England habe ich einen großen Teil meiner Zeit und Kraft unbezahlter Arbeit gewidmet. Ich war 26 Jahre Mitglied des obersten Rates des College of Preceptors (eine Ehrenstelle) und führte in der ersten Periode nach Gründung dieser Anstalt die Examen der Lehrer und Schüler ohne Anspruch auf Honorar. Ebensowenig erwartete ich Erwerb von meinen Vorlesungen in obiger Anstalt und von meinen zahlreichen Arbeiten in der Educational Times. Als einer der Gründer und unbezahltes Mitglied des Direktoriums des London International College unter Cobdens Vorsitz, habe ich dieser Anstalt nicht nur große Opfer an Zeit, sondern auch keine geringen Geldopfer gebracht. Mein einziges Ziel war, an der Förderung der Erziehung in meinem Adoptivlande mitzuarbeiten und so das Asyl zu verdienen, das mir England geboten hat.

Es dürften wohl an dieser Stelle einige Worte über das „International College“ von Interesse sein. Der ursprüngliche Plan der Gründer war in England, Deutschland, Frankreich und Italien je ein ganz gleich organisiertes Gymnasium mit gleichem Studiengange zu errichten, und zwar so, daß ein Schüler einer Klasse der einen Anstalt, ohne Unterbrechung des Studienganges, in eine entsprechende Klasse der andern eintreten und allmählich durch alle vier nationale Anstalten durchgehen könnte. Man beabsichtigte zugleich eine Reihe von Lehrbüchern für alle vier Anstalten bearbeiten zu lassen. Der Plan wurde, aus Mangel an Mitteln, nie verwirklicht und es blieb bei der englischen Anstalt, die nach einer Reihe von Jahren auch eingegangen ist, hauptsächlich infolge des viel zu kostspielig aufgeführten Gebäudes, das allein gegen zwölfmalhunderttausend Mark gekostet hat. Der Studienplan der Anstalt war ein ganz vortrefflicher. Moderne Sprachen und Naturwissenschaften nahmen darin einen hohen Rang ein, ohne Ausschluß der klassischen Sprachen. Der Studienplan für Naturwissenschaften wurde von dem berühmten Physiker, Professor Tyndall, entworfen.

Da ich mit meinen Bemühungen nur Selbstbefriedigung erstrebte, eine wohl zu rechtfertigende Art von Ehrgeiz, so suchte ich niemals äußerliche Zeichen der Anerkennung meiner Bestrebungen. Wenn mir wohl einige solcher zukamen, so kamen sie unerwartet, ungesucht, wie u. a. meine Ernennung zum Honorary Fellow des College of Preceptors und einige noch zu nennenden deutschen Diplome. In England besteht die Sitte von Ernennung zum korrespondierenden oder Ehrenmitgliede gelehrter Gesellschaften nicht, sie kommt nur in sehr seltenen Fällen, nur in gewissen Gesellschaften vor. Eine Aufnahme in eine englische gelehrte Gesellschaft ist an einen Jahresbeitrag geknüpft und die Mitgliedschaft hört mit demselben auf, ja sie bringt dem Aufgenommenen nicht einmal ein Diplom, sondern nur einfache Anzeige des Sekretärs. Ich besitze daher nur solche englische Diplome, die solchen von deutschen privilegierten Staatskorporationen gleichstehen und kraft Royal Charter einen gewissen Rang und ein Privilegium verleihen, wie das eines Licentiate und das eines Fellow des College of Preceptors.

Nebst den schon erwähnten Ernennungen zum korrespondierenden Mitgliede des Vereins badischer Ärzte zur Förderung der Staatsarzneikunde und des Vereins deutscher Ärzte und Naturforscher in Paris, ehrte mich 1869, die „Pollichia", ein Verein von Naturforschern der Rheinpfalz, mit meiner Ernennung zum Ehrenmitgliede, und in demselben Jahre wurde ich von der „kaiserlich-königlichen Gesellschaft der Ärzte zu Wien" zu ihrem korrespondierenden Mitgliede gewählt, eine Auszeichnung, die aus dem Grunde von hohem Wert ist, weil sie bei Ausländern der Staatssanktion bedarf, weil die Gesellschaft so zu sagen den Rang einer kaiserlichen Akademie einnimmt. Ich verdankte die letzte Auszeichnung meinem schon erwähnten Werke: „Gesundheitsdienst im Krieg und Frieden". Von deutschen Gesellschaften, die mehr einen universellen Charakter haben, und als Beförderer der Künste, Wissenschaften und allgemeiner Bildung zu schätzen sind, ernannte mich schon 1865 das „f r e i e  d e u t s c h e  H o c h s t i f t" in Frankfurt zu seinem Ehrenmitgliede und Meister.

## Meine Wanderungen in und um London.

Wer das Leben in London nicht kennt, kann sich keinen Begriff machen von den Distanzen, welche solche zurückzulegen haben, die ihr Beruf in verschiedene Richtungen der Riesenstadt führt. Unter den großen Wanderern stehen wohl die Ärzte und Lehrer in erster Reihe.

Vor meiner Anstellung in der Kriegsakademie fuhr ich um halb acht Uhr morgens, um nur ein Beispiel anzugeben, von St. Johns Wood, wo ich einige Zeit wohnte, nach einer Kennington-Schule, von da nach einer Schule in Greenwich, von da ging ich zu Fuß nach einer Schule am Ende von Lewisham, und von da über Blackheath nach Old Charlton. Ich verließ die Schule von Charlton um 8 Uhr abends, rannte nach der Eisenbahn in 8 Minuten (im gewöhnlichen Schritte nimmt es 20 Minuten) und kam nach 10 Uhr in meiner Wohnung in London an. Allein die Berechnung der in 7 Jahren also zurückgelegten Distanzen zu Fuß, in Eisenbahn und Omnibus würde erstaunliche Resultate liefern. Eine Zeit lang reiste ich wöchentlich 3 mal nach einer Schule bei Uxbridge, 17 englische Meilen von der Londoner Station, von meiner Wohnung zur Station 3 Meilen, also 40 Meilen hin und zurück. Darin bestanden aber alle meine Wanderungen noch lange nicht, denn an gewiſſen Tagen reiſte ich von Hampſtead nach Foreſt Hill, Lewisham, New Croß, Charlton und zurück.

Ich gebe hier beiſpielshalber nur e i n e approximative Berechnung meiner Wanderungen nach der Kriegsakademie nach e n g l i ſ ch e n Meilen berechnet; 4,8283 engliſche ſog. Statute Miles machen eine deutſche Meile. Die Diſtanz berechne ich vom 1. März 1862 bis zum 29. Juli 1882, von meiner jahrelangen Wohnung 101 Gower Street, London, W.C. nach der Royal Military Academy bei Woolwich und zurück. Das Jahr, mit Abzug der 14 Wochen Ferien, enthielt 38 Studienwochen. In dieſen 38 Wochen ſind die Sonntage abgerechnet, alſo die Woche mit 6 Tagen. Die Diſtanz von 101 Gower Street bis zur R. Mil. Academy und zurück beträgt 28 Meilen. Die Anzahl der in einem Schuljahre dahin zurückgelegten engliſchen Meilen beträgt 5,542. Die Anzahl der vom 1. März 1862 bis zum 29. Juli 1882 zurückgelegten Meilen beläuft ſich demnach auf 113,611 engliſche Meilen. Etwa 36 000 engliſche Meilen machen den Umfang unſerer Erde aus. Meine Reiſen nach der Kriegsakademie allein betragen alſo eine größere Diſtanz als eine dreimalige Reiſe um die Welt. Aber dies ſind noch lange nicht alle Diſtanzen, die ich in London zurückgelegt und deren Berechnung, ſelbſt wenn ſie möglich wäre, erſtaunliche Summen aufweiſen würde.

Während des Krieges im Jahre 1870/71 frühſtückte ich Sonnabend morgens um 6 Uhr in meiner Londoner Wohnung, reiſte nach der Kriegsakademie, kam nach 3 Uhr nachmittags nach London zurück, ging abends in die deutſche Turnhalle, damals der Vereinigungspunkt der Deutſchen in London, beſonders an Samstagen und kam am nächſten Morgen gegen 2 Uhr nach Hauſe.

Es drängt mich, hier mit dankbarem Herzen zu er

wähnen, daß ich während der 30 Jahre meines Aufenthalts in London nie durch Krankheit an das Bett gefesselt worden bin. Allerdings bin ich nicht selten ausgegangen, wo viele andere ihr Zimmer und ihr Bett gehütet haben würden. Schnupfen, Husten, Lumbago, Augenentzündung, sogar rheumatische Gicht konnten mich nicht zu Hause festhalten und ich ging stets aus bei Wind, Wetter und Regen. In den 21 Jahren meines Dienstes in der Kriegsakademie nahm ich nur im ersten Dienstjahre vier bis fünf Tage Urlaub, um mich am Meere in Brighton von Überarbeitung zu erholen. Sonst fehlte ich die 21 Jahre niemals auf meinem Posten in der Akademie und kam nur einmal zu meiner Bestürzung zu meinem Woolwichzuge zu spät.

Das Reisen in London und Umgebung im Omnibus oder Eisenbahnwagen erfordert eine gute Ortskenntnis und eine stete Aufmerksamkeit, sonst wird man in ganz verschiedener Richtung Meilen vom Ort seiner Bestimmung geführt. Vor allem aber ist vor Einschlafen zu warnen, wenn man nicht an einem fernen Orte erwachen will. Eine solche Erfahrung machte auch ich, aber nachher nie wieder. Ich wohnte einmal kurze Zeit in Woolwich während der Prüfungen, die morgens in der Königl. Kriegsakademie stattfanden. Da gerade in einem der Londoner Theater ein sehr populäres Stück aufgeführt wurde, so nahm ich darin einen Platz. Ich habe hier zu bemerken, daß die Londoner Theater, die fast alle im Zentrum der Stadt liegen, die Vorstellungen meistens um 8 Uhr abends beginnen, um den Besuchern Zeit zu bieten, vorher zu speisen. Infolge dessen endigen sie spät, um 11 Uhr, manche erst gegen Mitternacht. Um halb 1 Uhr nach Mitternacht führen dann Theaterzüge die Besucher per Eisenbahn in allen Richtungen nach Hause.

Ich fuhr mit einem solchen North Kent-Lokalzuge, um

in Woolwich auszusteigen. Die Mitreisenden verließen ihre Sitze an früheren Stationen, so daß ich allein blieb. Müde legte ich mich der Länge nach auf den Sitz und schlief bald ein. Nach einiger Zeit ward ich aus dem Schlafe aufgerüttelt. Ein Porter, Eisenbahndiener, stand vor mir und rief lachend: „Wollen Sie denn hier im Schuppen schlafen?" Ich fuhr auf und sah mich um. Zu meinem Glücke hatte mich der Mann noch im letzten Augenblicke gesehen. Ich war in der letzten Station angelangt und man war im Begriffe, alle Wagen, meinen darunter, für die Nacht in einen Schuppen zu schieben. Hätte mich der gute Mann nicht bemerkt und geweckt, so wäre ich wohl nach einiger Zeit im dunkeln Schuppen in der Nacht erwacht, ohne zu wissen, wo ich mich befand. Ich dankte dem Manne mit Worten und einer sie begleitenden Gabe. Der Schluß meiner Heimfahrt vom Theater war nun, daß ich fast die Hälfte des gefahrenen Weges auf der mir bekannten Landstraße wieder zu Fuß zurückwandern mußte und in Woolwich um 5 Uhr morgens ermüdet ankam. Um 7 Uhr mußte ich mich rüsten, um pünktlich zum Examen in der Akademie zu erscheinen. Mein Trost aber war, daß ich nicht im Schuppen zu übernachten hatte.

Einem deutschen Freund vom deutschen Athenäum, dem verstorbenen Franz Gödecker erging es einmal ebenso wie mir, nur hätte das Ende schlimmer sein können. Er reiste mit einem Dover Zug nachts nach Hause, der in seiner Station Lewisham anhielt. Er war allein in seiner Abteilung und schlief bald ein, nachdem er London verlassen hatte. Als er wieder erwachte, sah er auf seine Uhr und fand, daß er viele Meilen weiter als seine Station gefahren war. Anstatt nun ruhig weiter bis zur nächsten Station zu fahren, wurde er aufgeregt, öffnete die Wagenthüre und sprang hinaus ins Finstere, ohne zu wissen, wohin. Zu

seinem großen Glücke kam er nach einigen Burzelbäumen un-
verletzt auf dem Boden an. Er suchte nun die Landstraße,
die nahe war, wanderte in der Richtung nach London zurück
und befand sich bald in dem ihm bekannten Chislehurst, wo
ein Freund von ihm wohnte. Diesen suchte er auf und
klopfte und läutete ihn aus seinem Bette. Sein Abenteuer
verschlief er nach einem warmen Grog in weichem Bette;
er hätte es aber leicht mit zerbrochenem Genick am Fuße des
Eisenbahndammes beschließen können.

. Wenn man in London regelmäßig zu gewissen Tages-
stunden denselben Weg durch die Straßen wandert, so begegnet man regelmäßig gewissen Personen, die zur selben Zeit
ihrem Ziele entgegengehen. Man macht auf diese Weise
eine Anzahl von Bekanntschaften „von Ansehen“, von denen
man selten weiß oder erfährt, wer sie sind. Trifft man
nun einen derselben nicht mehr, so fällt einem seine Abwesenheit auf, man hält ihn für krank oder am Ende tot,
kurz man nimmt ein gewisses Interesse an der Person, obgleich man gar nichts von ihr weiß. Ähnliche Begegnungen
erlebt man im Omnibus und auf der städtischen Eisenbahn.

. Es trifft sich bisweilen, daß man wirklich interessante,
bekannte Männer auf der Straße begegnet und ich habe mich
jedesmal gefreut, wenn ich den alten Carlyle ernst, oder
Charles Dickens mit leichtem Schritte, oder auch Thackeray
gravitätisch daherschreiten sah. Eine auffallende Erscheinung war
Leigh Hunt, eine lange, hagere Gestalt in langem, schwarzem
Rock, mit breitkrämpigem schwarzem Filzhut und langen weißen
Haaren. Eine schöne, angenehme Erscheinung war der Prinz-
Consort Albert, eine melancholisch-ernste der alte Gladstone.
Letzteren dachte ich hie und da aus einem Hutladen treten zu
sehen. Der Grand Old Man hatte damals nämlich einige
exzentrische Neigungen. Einmal soll er stets mit seinem Homer

unter seinem Kopfkissen geschlafen haben, dann hatten neue
Cylinderhüte einen solchen Einfluß auf ihn, daß er stets neue
bestellte und seine Gemahlin oft außer sich gewesen sein soll
über die Masse von Hüten, die von verschiedenen Hutläden
auf seine Bestellung nach seiner Wohnung gesandt worden sind.

Der Zufall wollte auch hie und da, daß man auf der
Straße oder im Omnibus Bekannte traf, die man viele
Jahre nicht gesehen hatte. Dieses passierte mir zuweilen. So
stieg ich einmal auf das Dach eines Omnibus, setzte mich,
ohne mich umzusehen, auf einen leeren Sitz, als mein Neben-
mann zu mir sagte: „Wie geht's Ihnen denn, Dr. Schaible;
ich habe Sie eine Ewigkeit nicht gesehen." Ich erkannte in
dem mich Anredenden einen englischen Arzt, Dr. Burton
Shillitoe, Londoner Hospitalarzt, ein Quäker, mit dem ich
anfangs der 50ger Jahre in Paris oft zusammen gekommen
bin und den ich ein Vierteljahrhundert nicht mehr gesehen hatte.

Wenn ich von meiner Wohnung in Gower Street morgens nach der Station Charing-Cross wandelte, um von da
per Eisenbahn nach Woolwich zu fahren, begegnete ich jahrelang immer an derselben Stelle gewissen Leuten. Unter andern
traf ich einen Polizeisergeanten, der, wie ich später heraus-
fand, die Wache am Eingang des British Museum hatte.
Er war sehr pünktlich und traf ich ihn näher als gewöhnlich beim British Museum, so war das ein Zeichen, daß
ich einige Minuten zu spät war und ich verdoppelte meine
Schritte. Er war für mich die pünktlichste Uhr.

Unter den Personen, an denen ich lange vorbeiging,
war eine sehr hübsche, junge Dame, mit einer Begleiterin,
offenbar eine deutsche Gesellschaftsdame, die eine Mappe trug.
Ich hörte die Dame hie und da mit letzterer deutsch sprechen.
Nach so vielen Begegnungen hätte ich die Dame gern ge-
grüßt, allein dies wäre gegen die englischen Regeln des An-

ſtandes geweſen. So gingen wir ſtets lächelnd aneinander
vorbei. Als ich zur Zeit meines Rücktrittes von der Kriegsakademie meinen letzten Gang nach der Station von Charing-
Cross machte, nahm ich mir vor, ſie zu begrüßen, und ihr
Lebewohl zu ſagen. Das Unglück wollte aber, daß wir uns
gerade an dieſem Morgen nicht begegneten. So ſah ich ſie
nie wieder. Wie ich ſpäter erfuhr, war die intereſſante Dame
eine Miß Tennant, die die Zeichenſchule von University
College, in meiner Straße, regelmäßig beſuchte. Die hübſche
und reiche junge Dame gewann ſpäter das Herz des berühmten Afrikareiſenden Stanley und iſt jetzt ſeine Gattin.

# X.

## Gefahren in London.

Die Fiaker. — Die Diebe. — Cardsharpers. — Die Cholera.
— The Brokers. — The London Fog. — Nächtliche Ruhe in
London.

„Die Löwen in Afrika" — sagte Livingstone — „sind
lange nicht so gefährlich als die Fiaker in London." Es
werden wohl nicht viele in London sein, die nicht einmal
wenigstens um eine Haarbreite von einem dahersausenden Cab
oder Omnibus überfahren worden wären. Allmählich, mit
mehr Erfahrung und Ruhe, lernt man besser, und mit Ruhe
die Gefahr vermeiden. Aufregung ist sehr gefährlich.

Es ist hier nicht der Platz, von den mannigfachen Ge-
fahren zu reden, die eine große Stadt, wie London, bietet.
Ich beschränke mich daher nur auf einige Klassen von Raub-
vögeln, mit denen ich persönlich in Berührung gekommen bin.
Auch diesen gegenüber eignet man sich mit der Zeit gewisse
Gewohnheiten an, die bis zu einem gewissen Grade schützen.
So z. B., wenn man sich in einem Gedränge befindet, knüpft
man stets seinen Überrock oder Überzieher zu. Man läßt da
keine Uhrkette sehen und wenn man von einem, besonders bei
Dunkelwerden gefragt wird, wie viel Uhr es sei, so giebt
man ihm die etwaige Zeit an, ohne die Uhr herauszuziehen.
Steht man vor einem Schaufenster und es stellt sich ein

anderer hart daneben, oft ein zweiter auf die andere Seite, so macht man rechtsumkehrt und geht weiter.

Während der 30 Jahre, die ich in London gelebt, wurde mir nur zweimal aus der Tasche gestohlen, beidemale nur Taschentücher. Da der zweite Diebstahl sehr drollig war, so will ich ihn hier erwähnen. Ich kam gerade von der bekannten Lowther Arcade, wo ich Weihnachtsgeschenke für Kinder von Freunden gekauft hatte. Ich trug unter beiden Armen eine Anzahl von Schachteln und die Straße war ziemlich leer. Da fühlte ich auf einmal ein Zupfen an meiner hintern Rocktasche. Ich sah mich um und erblickte einen kleinen Barfüßler, wie er gerade ein sehr schönes Foulard, ein Erbstück von meinem Vater, herauspraktizierte. Er ließ sich dabei nicht im mindesten stören. Hinter ihm standen noch andere Barfüßler. Was konnte ich thun? Wollte ich den Kerl fassen, so mußte ich alle meine Schachteln auf den Boden setzen. Darauf rechneten ohne Zweifel die andern. Sie hätten dann die Schachteln sofort ergriffen und wären damit davongelaufen. Die Straße, in der ich ging, hatte viele Seitengäßchen „Alleys" genannt. Da sich gerade niemand in meiner Nähe fand, so konnte ich nichts anderes thun als ruhig weiter gehen und dem Jungen mein Foulard überlassen. Zu meinem Glücke trug ich keine Brille. Brillenträgern zogen Straßendiebe schon die Brille von der Nase, damit sie, kurzsichtig wie sie waren, sie nicht verfolgen konnten. Ein deutscher mir bekannter Professor, auf Besuch in London, trug eine schwere goldene Brille. Ein Straßendieb ging auf ihn zu, zog ihm die Brille von der Nase und ging ruhig davon. Der arme Professor trug von der Zeit keine goldene Brille mehr.

Gefährlich waren die Garrottierungen, die eine Zeit lang als eine wahre Pest London unheimlich machten, bis das Parlament auf Diebstahl mit verletzender Gewalt, nebst Zuchthausstrafe, noch die Prügelstrafe mit der sog. neunschwänzigen Katze, eine Knute mit neun Gliedern, dekretierte. Das Gesetz bewirkte Wunder. Die Diebe fürchteten die Katze mehr als das Zuchthaus, und manche weinten vor Gericht, als ihnen die Anwendung der Katze angekündigt ward. Am Garrottieren waren gewöhnlich drei Diebe beteiligt. Einer faßte von hinten sein Opfer am Halse und würgte es, ein anderer schlug ihm mit einem Knüppel auf den Kopf, daß es zu Boden sank, und ein dritter leerte die Taschen des Hilflosen. Während der Garrottierungsepidemie ging ich stets mit einem sog. Life-preserver (Knüppel mit Bleiknopf) und einem Dolch in der Tasche aus. Lange Zeit war ich nie der geringsten Gefahr ausgesetzt. Eines abends aber, als ich die Kriegsakademie verließ, ward auch ich zum Opfer auserwählt. Die Nacht war pechfinster, schwarze Regenwolken bedeckten den Himmel. Ich ging gewöhnlich den kürzeren Weg nach der Station über das große sog. Woolwich Common, der Exerzierplatz der Artillerie der Woolwich Garnison, daher nicht mit Gaslampen versehen und finster. Von diesem meinem nächtlichen Wege nach der Station erfuhren zweifelsohne einige Diebe. Ehe ich auf den Exerzierplatz trat, bemerkte ich im Dunkeln einige Gestalten. Dies erregte meinen Verdacht und machte mich mißtrauisch und vorsichtig. Ich ging nicht lange auf dem Fußpfade, als ich hinter mir und darauf in der Richtung des Pfades vor mir, einen gellenden Pfiff hörte. Letzterer war offenbar ein Signal für die Diebe hinter mir, daß der Weg vor mir frei wäre, d. h. daß niemand daherkäme. Sofort verließ ich den Fußweg und ging leise auf dem Grasboden rechts in der Richtung der Häuserreihe des Feldes. Es war so finster, daß man mich nicht sehen konnte. Bald hörte ich die Kerle, die ich gesehen hatte, im strengsten Galopp den Fußweg entlang rennen. Andere kamen ihnen

entgegen. Sie standen plötzlich still und einer rief: Is he
down? d. h. liegt er nieder. „Nein" — antwortete ein
anderer — „ich konnte ihn nicht sehen." Nachdem ich diese
Worte gehört, machte ich mich leise und eiligst nach dem be-
lebten und beleuchteten Teil des Platzes davon und kam sicher,
auf weiterem Umwege, an der Station an. Tags darauf
machte ich beim Gouverneur der Akademie Anzeige vom Vorfall. Die Kerle aber zeigten sich nie wieder. Ich aber wählte
in Zukunft, wenn ich allein war, den längern Weg nach der
Station. Dies Abenteuer hätte für mich die ernsteſten Folgen
haben können auf dem dunkeln, einsamen Platze. Die Frage:
„iſt er nieder" beweiſt schon, was die Kerle mit mir vor-
hatten. Meiner Uhr und Börse willen hätten sie mich tot-
geschlagen. Ein junger Engländer, der in der Nähe, in
Charlton wohnte, wurde auf demselben freien Platze so miß-
handelt, daß er nie wieder seine Gesundheit erlangte und
permanenter Epileptiker ward.

Dies war in London, während meines langen Aufenthaltes daselbſt, das einzige Abenteuer, das für mich schlimme
Folgen hätte haben können. Gefahren anderer Art hatte ich
natürlich auch, wie so viele andere, zu bestehen. Einmal
waren Einbrecher im Hause, wo ich wohnte, ein anderesmal
machte ich eine Überschwemmung mit, infolge des Berſtens
der Wasserleitungsröhren, und ein drittesmal brannte es
unter meinem Schlafzimmer, ohne daß ich davon wußte und
währenddessen ich ruhig fortschlief, bis ich morgens, nach dem
Löschen des Brandes davon hörte. Dies sind Dinge, die
viele andere auch erlebt haben.

Gerade als ich diese Zeilen geendet, fiel mir noch eine
Begegnung mit einer speziellen Klasse von englischen Spitzbuben ein. Während meines langen Aufenthaltes in London
bin ich nur einmal mit sog. Cardsharpers zusammengetroffen,

mit Spielkarten-Gaunern. Ich war nach der Seebadestadt Brighton gerufen worden, daselbst eine Schule zu prüfen. Es fanden zur Zeit die bekannten, sehr besuchten Pferderennen auf den Dünen bei Brighton statt, die stets eine Anzahl verschiedener Spezialitäten von Dieben, besonders Cardsharpers anziehen. Nach verrichteter Arbeit am angenehmen Meeresufer, wo ich so manche Stunde als Badegast schon verlebt hatte, fuhr ich wieder nach London zurück. Ich reiste erster Klasse des Gedränges wegen, da die Stadt von Tausenden besucht ward. In der Zentral-Station Brighton stiegen zwei ältere, respektabel aussehende Herren ein. Ich saß in der entfernteren Ecke der Wagenabteilung. In Brigthon giebt es noch zwei Vorstadtstationen. In der zweiten Station stieg ein anderer Herr ein und in der nächsten darauf noch ein anderer. Die Herren schienen sich gänzlich fremd zu sein. Nach einiger Zeit fing einer, wie er sagte ein Kanadier, an vom Rennen zu sprechen und allmählich entspann sich eine Konversation zwischen den vier Passagieren, an der ich mich nicht beteiligte. Endlich schlug einer vor, um die Zeit zu vertreiben, mit Karten zu spielen. Nebenbei gesagt ist das Kartenspielen, besonders Whist, in den Eisenbahnen unter Bekannten, unter abends vom Geschäfte heimreisenden Geschäftsleuten, nicht selten. Sofort zog einer meiner Mitreisenden aus einer Seitentasche des Rodes ein Spiel Karten heraus. Es war aber keine Whistpartie, die er vorschlug. Es war das 3 Kartenspiel, der berüchtigte 3 cards trick. Ich wußte nun sofort, um was es sich handelte. Erst spielten drei, dann ließ sich allmählich der vierte Herr noch ein, den ich bis zuletzt nicht zu den Verbündeten rechnete. Der eine gewann, der andere verlor und gewann wieder. Ich fand nun bald, daß drei der Spielenden Cardsharpers sein mußten, obwohl sie an verschiedenen Stationen eingestiegen waren und sich scheinbar nicht kannten. Nachdem sie einige Zeit gespielt, wandte sich einer derselben an mich in der Ecke und fragte: „Wollen Sie nicht auch mitspielen?" „Ich spiele nie", erwiederte ich entschieden. Darauf spielten sie noch eine Weile weiter bis wir in die nächste Station einfuhren. Da stand ich auf, nahm Schirm und Hut, um einen andern Platz im Zuge zu suchen. Kaum aber sahen dies meine Reisegefährten, als sie sich alle vier rasch von ihren Sitzen erhoben und schleunigst die Wagenabteilung verließen. Wahrscheinlich fürchteten sie, daß ich mich erhoben habe, um dem Chef der Station Anzeige zu machen, denn man ging solchen Gaunern stark zu Leibe. Erstaunt aber war ich, daß auch der vierte von ihnen, den ich für einen ehrbaren Mitreisenden gehalten, sich mit ihnen flüchtete. Zum Glück für mich kamen wir bald in einer Station an, denn sonst weiß ich nicht, was die vier Kerle noch am Ende gegen mich unternommen hätten.

Schlimmer als mir erging es meinem schon erwähnten alten Londoner Athenäumsfreund und Landsmann, dem begabten, leider zu frühe verstorbenen Franz Göbecker. Dieser bestieg einen Zug nach Dover, um nach Deutschland zu reisen. Es war damals Gebrauch, daß Bahnbeamte in London vor Abgang des Zuges von Wagen zu Wagen gingen und hineinriefen: „Beware, there are Cardsharpers in the Train." Man kannte eine Anzahl Mitglieder der edlen Sippe. Nach Abfahrt nahm einer in meines Freundes Abteilung Karten heraus und forderte zum Spiel auf. Göbeckers Nachbar warnte ihn, aber mein erregbarer Freund aus Bingen am Rhein ließ sich endlich bethören, verlor erst sein Reisegeld, dann seine wertvolle Uhr, die man tarierte und an Geldesstatt annahm. So kam er leer in Dover an und mußte mit dem nächsten Zuge wieder nach London zurückfahren um wieder Reisegeld zu holen und sich eine neue, allerdings etwas billigere Uhr anzuschaffen.

Er erfuhr nachträglich von einem Detektiv, daß der ehrbare Mitreisende, der ihn anfangs warnte zu spielen, der Anführer der Gaunerbande war.

Eine Erinnerung angenehmerer Art bieten mir zwei Fälle, wo ich, ohne Gefahr für mich selbst, zwei Menschenleben retten konnte. In einem Falle sah ich einen Arbeiter vom glatten Fußweg (Trottoir) ausgleiten und auf die Fahrstraße fallen im Augenblicke, als ein Lastwagen daherkam. Er lag schon unter den Pferden, die Räder waren nahe, noch ein Augenblick und er war zermalmt. Ich rannte herbei und zog ihn noch zu rechter Zeit auf das Trottoir zurück. Ein anderesmal kam gerade ein Zug in die Woolwich-Station gefahren, als ein junger Mensch von der sog. Plattform (Perron) hinabglitt. Eine Sekunde und der Zug hätte ihn erfaßt. Ich stand hinter ihm, faßte ihn rasch an einem Beine und zog ihn eiligst herauf. — Als ein alter Preisturner, der heute noch täglich seine Hantelübungen macht, habe ich bis zu einem höhern Alter eine gewisse Kraft bewahrt, die mir in obigen Fällen nützlich zu stehen kam.

Ich möchte hier einer Gefahr Erwähnung thun, die sich allerdings nicht auf London beschränkt, die einen überall bedrohen kann, die aber in einem so immensen Häusermeer besonders unheimlich ist. Es sind dies die Epidemien im allgemeinen und insbesondere die Cholera-Epidemie, deren ich zwei heftig auftretende in London erlebt habe. Der Anblick der stets in allen Richtungen fahrenden schwarzen Leichenwagen in den Straßen, die ernsten Gesichter der Passanten, die stillen Straßen, sonst so laut und geräuschvoll, machen allein schon einen unheimlichen Eindruck. Dazu noch die Tageszeitungen in den Händen aller, mit Berichten über die Verheerungen der Pest. Wenn nun gar ein Fremder, der in London keine Verwandten hat, unverheiratet, einsam in

einer Mietswohnung haust und niemand sich um ihn kümmert,
die Freunde und Bekannten in der immensen Stadt in großen
Entfernungen wohnen, so muß selbst der Mutige mit einiger
Besorgnis an sein etwaiges Krankwerden denken. Man geht
morgens frühe von Hause weg nach fernen Teilen Londons
und kommt abends erst wieder heim. Wird man denn auch
wieder heimkommen? frägt man sich unwillkürlich hie und da.
Die Cholera macht oft einen kurzen Prozeß. Einige Stunden
und es ist alles aus. Wie viele, einsam stehend und lebend,
sind nicht mehr nach Hause gekommen! Fern von Hause
wurden sie während des Tages von der Seuche heimgesucht,
ins nächste Hospital gebracht und von da aus nicht selten nach
dem Friedhofe! Ein jeder trug seine Anticholera-Mixtur in
der Tasche, legte sich eine Flanelleibbinde an, trank kein
Wasser, nahm sich beim Essen und Trinken in acht, war zu
Hause mit Kamille und Eibisch reichlich versehen. All dieses
war wohl gut, aber sicherte nicht vor der Seuche. Als einzel-
stehender, einsam wohnender Junggeselle hatte ich stets, für
Identifikation meiner Person, meinen Namen, Wohnung, Ge-
burtsort, Namen und Adressen Londoner Freunde in meiner
Rocktasche aufbewahrt, so daß man wenigstens wußte, wer
ich war, für den Fall, daß ich plötzlich scheiden sollte.

Ich hatte einmal, während der ersten Choleraepidemie
den Besuch meines lieben Freundes Dr. Bronner aus Bradford, den bringende Geschäfte nach London riefen. Wir beschlossen zusammen den Kristallpalast zu besuchen und setzten
uns auf das Dach eines Omnibus, der nach der Eisenbahn-
station fuhr, die uns nach Sydenham bringen sollte. Bald
überfiel mich auf dem Omnibus ein unbeschreibliches Gefühl,
das sich während der kurzen Eisenbahnfahrt steigerte, ein nicht
zu definierendes Gefühl des Unbehagens. Sofort nach Ankunft im Kristallpalast eilten wir nach dem Restaurant darin

und Bronner ließ sich für mich sofort eine Flasche vom besten Bordeaur geben. Ich leerte allmählich die Flasche ganz allein. In kurzer Zeit transpirierte ich und bald darauf fühlte ich mich wieder besser und lehrte vergnügt mit Freund Bronner vom Palast zurück. War mein Übelbefinden eine Anmeldung der Cholera? Ärztliche Freunde behaupteten es und sagten, daß die Seuche oft so begonnen habe. Übrigens fühlte ich die ganze Zeit über, so lange die Cholera währte, ein fortwährendes Kollern im Leibe, eine Unregelmäßigkeit in den Funktionen der Gedärme. Ich lebte allerdings sehr streng nach hygienischen Vorschriften. Im Ganzen aber muß ich dankbar sein, in der immensen Riesenstadt zwei gefährliche Epidemien miterlebt zu haben und dabei verschont geblieben zu sein. Dem Bordeaur aber fühle ich mich seither dankbar verpflichtet.

Daß das Wasser auf die Erzeugung der Cholera einen großen Einfluß hat, wurde in England schon vor der Entdeckung der Cholera-Bazillen als sicher angenommen. In Indien schrieben englische Ärzte schon vor Jahren dem Wasser die Entstehung und Verbreitung der Cholera zu. In London hat man in den 60ger Jahren einen schlagenden Beweis für die Richtigkeit dieser Annahme erhalten.

Im Zentrum Londons liegt eine Straße, Broad-Street, nahe am östlichen Zusammenlaufe von Regent-Street und Oxford-Street. Diese Straße wurde dermaßen von der Cholera heimgesucht, daß ganze Häuser ausgestorben sind und daß die übrigen Bewohner der Straße sich in Schrecken flüchteten. Die sonst belebte, breite Straße sah öd und verlassen aus, der Boden sah aus als ob es geschneit hätte, er ward nämlich mit Chlorkalk dicht bestreut, zum Desinfizieren, was natürlich keinerlei Wirkung hatte. Was war nun die Ursache, daß gerade die breite, gesundscheinende Straße so fürchter-

lich heimgesucht wurde? Ein trauriger Fall lieferte die Erklärung.

Eine Familie, die früher in Broad-Street gewohnt hatte
und von da nach dem hochgelegenen gesunden Highgate, im
Norden Londons, gezogen war, war so sehr an das klare, per-
lende, schmackhafte Trinkwasser eines vor einer Brauerei stehenden
Pumpbrunnens gewöhnt, daß sie täglich eine Hausmagd hinab
nach ihrer alten, entfernten Straße schickte, um von dem be-
liebten Trinkwasser zu holen. Diese Familie ward von der
Cholera heimgesucht und starb aus. Ringsumher war in Highgate kein einziger Cholerafall vorgekommen. Der Fall wurde
bekannt und die ganze Presse, insbesondere die medizinische,
besprach denselben.

So wurde endlich die Aufmerksamkeit auf den fraglichen
Pumpbrunnen gerichtet. Man analysierte dessen Wasser, fand
es zwar kristallklar aber voll von animalischen Bestandteilen.
Von den Cholerabazillen wußte man damals noch nichts.
Woher kommen aber die animalischen Stoffe? Man forschte
weiter nach und es stellte sich heraus, daß in der Nähe, etwa
hundert Schritte vom Brunnen, unter einer kleinen, jetzt be-
bauten Straßen, zur Zeit der Pest in London 1666 eine
große Pestgrube gegraben worden ist, in der Massen von an
der Pest Gestorbener verscharrt worden sind. Die ganze Gegend war damals noch in der Umgebung von London und unbewohnt. Die Massen in der Nähe verscharrter Leichen füllten
natürlich den Boden ringsumher mit animalischen Stoffen
und das durch solchen Boden sickernde Wasser floß in die
Cisterne des Pumpbrunnens und produzierte, nach Ansicht
der medizinischen Presse das heftige Auftreten der Cholera
in Broad-Street.

Gefährlicher als die Löwen, Tiger und Bären im zoo-
logischen Garten von Regents Park, war zu meiner Zeit in

London eine herzlose Bande von zweibeinigen Tigern B r o k e r s
genannt. Passender wäre für sie das Wort breakers d. h.
Zerstörer gewesen. Broker hat, je nach seinen Verbindungen,
verschiedene Bedeutungen. So bedeutet Stock-broker Bör=
senmakler. Allein bedeutet das Wort Zwischenhändler, A g e n t.
Die Brokers, von denen hier die Rede sein soll, die dem
Volke so verhaßt waren und noch sind, herzlose, gefühllose,
brutale Kerle, sind Agenten, die von den Besitzern von Häu=
sern bevollmächtigt werden, im Falle der Nichtbezahlung eines
fälligen Mietzinses, jedwede Art von Eigentum im Hause,
das der Mieter inne hat, mit Beschlag zu belegen und wenn
trotz alledem der Mieter nicht bezahlen kann, zu entfernen
und zu verkaufen.

Dieses grausame Recht betraf bis in die 60 ger Jahre
nicht nur das Eigentum des schuldigen Mieters des Hauses,
sondern auch das des Aftermieters, selbst wenn dieser letzterem
seinen Mietzins regelmäßig bezahlt hatte. Der Aftermieter
hatte allerdings das Recht, vom Hausbesitzer Aufklärung über
die Zahlungsfähigkeit des Hausmieters zu verlangen. Aber
einmal war es im Interesse des Hausbesitzers, seinen Haus=
mieter seiner Einnahmequelle nicht zu berauben, dann wußte
der Aftermieter oft nicht, wer der Besitzer war und wo er
wohnte, und zudem hätte er die Nachfrage stets zur Zeit der
fälligen Hausmiete anstellen müssen. So kümmerte sich der
Aftermieter gewöhnlich gar nicht um die Zahlungsfähigkeit
seines Hausmieters. Infolge dessen kam es nun gar oft vor,
daß Aftermieter, die regelmäßig ihre Miete bezahlt hatten, den
unerwarteten Besuch von Brokers erhielten, die Beschlag auf
ihre Habe legten und sich im Hause ruhig niederließen, bis
der Hausbesitzer bezahlt war oder, wenn dies nicht der Fall
war, auch noch die ganze Habe des unschuldigen Aftermieters
verdäußerten, zum Vorteil des Besitzers. Es wurde durch dieses

grausame Recht oft entsetzliches Unrecht an armen Leuten verübt, die so all ihre Habe verloren.

In einer solchen Gefahr befand auch ich mich einmal. Mein Hausmieter aber, ein deutscher Schneider, war eine ehrliche Haut. Er teilte mir nämlich eines schönen Morgens mit traurigem Gesichte mit, daß er die Brokers erwartete und um mich zu warnen gekommen wäre. In meinem Leben bin ich nicht so rasch ausgezogen. Sofort mietete ich in der Nähe zwei Zimmer und in fabelhaft kurzer Zeit waren Koffer, Bücher, all mein Eigentum aus dem gefährlichen Hause. Um des Schneiders Ehrlichkeit zu belohnen bin ich bald nachher, als die Gefahr vorüber war und derselbe durch Aufbringen seines Mietzinses sich die Brokers wieder vom Halse geschafft hatte, wieder zu ihm in meine alte Wohnung gezogen. In England nämlich mietet man einzelne Zimmer vom Hausmieter auf die Woche, mit wöchentlicher Kündigungszeit, selbst wann man Jahre darin haust. Ich habe auf diese Weise zwanzig Jahre drei möblierte Zimmer bewohnt. Die Bezahlung einer solchen Wohnung geschieht daher auch wöchentlich und der Mietbetrag ist auf die Woche berechnet. Es heißt, die Wohnung kostet zwanzig oder dreißig Mark oder mehr oder weniger per Woche.

Schlimmer als mir erging es einem Landsmanne Dr. med. Schlund aus Mannheim, flüchtig in den 30ger Jahren infolge seiner Beteiligung am burschenschaftlichen Unternehmen in Frankfurt a. M., erst in Straßburg, wo er als Dr. medicinae promovierte, dann in Paris und nach dem Staatsstreich zuletzt in London, wo er als Zahnarzt praktizierte. Obwohl er seine Miete für seine drei Zimmer regelmäßig bezahlt hatte, so wurde ihm seine ganze Einrichtung, Möbel, Bücher, Instrumente, kurz alles von den Brokers mit Beschlag belegt, infolge der Zahlungsunfähigkeit seines Hausmieters. Der arme Schlund, der all seine Mittel in seine neue Einrichtung gesteckt hatte, war über diesen scheußlichen Gewaltakt so aufgebracht, daß er eine schwere Axt kaufte, und in Gegenwart der Brokers, die sich in einem seiner Zimmer eingenistet hatten, alle seine Möbel, Koffer, ein neuangekauftes Piano in tausend Stücke zerhieb, eher als solche den Hyänen von Brokers zu überlassen. Diese wagten es nicht, den rasenden Dr. Schlund, mit der Axt in der Hand, an der Zerstörung zu hindern.

„Mein Haus ist meine Burg" ist ein alter englischer Rechtsspruch, nach dem ein jeder sein Haus gegen Angreifer verteidigen kann, und das Recht hat, jedes Eindringen in sein Haus ohne richterliche Bevollmächtigung, zu verhindern. So kam es hie und da vor, daß Hausmieter, die die Brokers erwarteten, ihre Wohnung belagerungsfähig machten, sich mit Proviant versahen, alles verschlossen, verriegelten, verbarrikadierten, während die belagernden Brokers auf allen Schlichwegen in das Haus zu kommen suchten. Sie waren auf diese Weise aus Brokers Breakers, d. h. Einbrecher geworden. Eine solche Belagerung währte hie und da einige Zeit. War aber einmal nur ein Broker im Hause, sei es durch ein Kellerloch oder durch ein Dachfenster, so mußte der Hausmieter die Burg auf Gnade oder Ungnade ergeben.

Das Recht der Beschlagnahme des Eigentums des Aftermieters ist vor etwa fünfunddreißig Jahren aufgehoben worden.

Über den Londoner Nebel kursieren in Deutschland sonderbare Ansichten. Es giebt Leute, die meinen, daß London das ganze Jahr hindurch in einem dicken Nebel eingehüllt sei. Und doch ist die unendliche Stadt in Tagen des Frühlings, Sommers und besonders Herbstes so hell und klar als irgend eine große Stadt in Deutschland und ein blauer Himmel

wölbt sich nicht selten über ihr. Nur bei gewissen Temperatur-
verhältnissen, besonders bei gewissen Winden, die den Kaminrauch der Oststadt nach dem Westende treiben und denselben
nicht aufsteigen lassen, ist die Luft „milky“ (milchig), wie die
Leute sagen. Das aber, was man London Fog nennt, der
eigentliche berühmte Londoner Nebel, kommt nur hie und da
vor und zwar meistens im Spätjahr und Winter. Ein solcher
Nebel ist dann oft ein wahres Phänomen, tritt oft plötzlich
auf und hat verschiedene Farben: w e i ß, g r a u, o r a n g e -
g e l b, s c h w a r z. Seine Entstehung ist verschieden. Entweder wird er durch Seewinde vom Meere ins Land getrieben,
oder der Ostwind treibt die Exhalationen der Sümpfe von
Kent und Essex gen Westen und die Feuchtigkeit der Winter-
luft hindert ihr Aufsteigen und ihre Verdunstung. Am pein-
lichsten ist der schwarze Nebel. Infolge des nur teilweise
konsumierten Kohlenstoffes der hunderttausende von Kaminen,
dessen Zerstreuung und Aufsteigen vom Nebel verhindert wird,
entsteht eine sonderbare atmosphärische Mischung, die bei Ostwind das Themsethal füllt, eine Mischung von Nebel und
Kaminrauch. Ein solcher Nebel greift alle Sinne an. Eine
kimmerische Dunkelheit legt sich über die Augen, deren Binde-
haut durch den Kohlendampf empfindlich schmerzt, den Schall
hört das Ohr mit Schwierigkeit, Geschmack und Geruch auch
werden durch die Mischung angegriffen und für den Tastsinn
ist alles klebrig und fettig. Bei solchem Nebel befolge man
die Regel der Indianer Nordamerikas: man schließe den Mund
und atme nur durch die Nase.

Die weißen Nebel erscheinen oft plötzlich bei heiterem
Himmel und werden vom Winde von der See her getrieben.
Eigentümlich sind die orangegelben Nebel, auch Erbsensuppe-
nebel von den Londonern genannt, die, wie die schwarzen,
eine Mischung der Ausdünstungen der Themsesümpfe mit dem

Rauche der Kamine und der Schornsteine des südöstlichen Fabrikviertels von London darstellen.

Auffallend ist oft das schnelle Kommen und Verschwinden des London Fog. Ich gehe in der Straße, alles ist hell, nebelfrei, nur oben hoch über den Häusern hängt ein gelber Teppich. Allmählich senkt sich der Teppich und in Kürze ist alles in dichtem Nebel verhüllt. Nach einiger Zeit hebt er sich wieder und die Umgebung ist wieder hell und klar wie zuvor. Merkwürdig sind auch die lokalen Nebel. Ich gebe davon ein Beispiel. Ich ging eines Morgens in Sonnenschein von meiner Wohnung in Gower-Street hinab nach der Eisenbahn-station von Charing-Croß um nach Woolwich zu fahren. Am Ende der Straße, in Oxford-Street, sah ich in der Ferne eine hohe grauweiße Wand, in der ich viele Leute eintauchen und verschwinden sah. Die Mauer war scharf abgegrenzt und die Leute vor ihr sah man klar und deutlich. Als ich vor ihr ankam, mußte auch ich hineintauchen und fand mich sofort in einer dichten, weißen Wolke. Ich ging weiter in der Richtung meiner Station und als ich mich derselben näherte, trat ich plötzlich wieder aus der Nebelwolke heraus und ging in hellem Sonnenschein weiter. Es war als ob sich auf dem Stadtteil eine Wolke niedergelassen hätte.

Wenn einer der phänomenalen Londoner Nebel auf der Stadt liegt, hört oft bei Tage selbst, jeder Verkehr mit Fiaker, Omnibus und Dampfer auf der Themse auf. Bei Nacht ist er aber noch fürchterlicher. Man sieht die zahlreichen Gas-lampen nicht mehr. Die vielen Eisenbahnlinien in und um London sind in ägyptische Finsternis gehüllt. Die Signal-lampen der Eisenbahn, die grünen und besonders die roten Warnsignale können nicht mehr gesehen werden. In solchen Fällen fahren die Züge langsam und vorsichtig vorwärts und von der Lokomotive werden von Zeit zu Zeit Petardensignale gegeben. So hört man auf vielen Linien Petarden in allen Richtungen. Züge, die mich von London nach Woolwich in dreißig bis vierzig Minuten brachten, brauchten zwei Stunden und so fuhr ich hin und zurück vier lange Stunden. Die Gefahren einer Kollision sind natürlich sehr groß und nur der vorzüglichen Organisation der Eisenbahnen ist es zu verdanken, daß so wenige Kollisionen stattfinden. In den einundzwanzig Jahren, die ich von London nach Woolwich gefahren bin, habe ich keine einzige Kollision erlebt.

Es erfordert eine ganz gründliche Ortskenntnis, um in einem London Fog seinen Weg nach seinem Bestimmungsort und nachts nach Hause zu finden. Das Lesen der Straßennamen, oder gar der Hausnummern ist eine Sache der Unmöglichkeit. Es machen allerdings viele Leute, besonders Jungen, sich den Nebel zu Nutzen, indem sie mit brennenden Fackeln ihre Begleiterdienste in den Straßen anbieten. Sehr oft aber sieht man trotz Fackeln nichts, und dann sind die Begleiter des Weges oft selbst nicht kundig, und die Fackeln sind gar oft eine Gefahr für die in Nebel gehüllten Vorübergehenden. Wenn der Nebel länger andauert, hie und da währt er 24 ja selbst bis 48 Stunden, dann ist die Verkehrsstockung bedenklich. In allen Fällen ist das Gehen in den Straßen gefährlich.

Es kam hie und da vor, wenn ich in Charing-Cross-Station ankam, daß ich den Weg nach Hause, den ich jahrelang täglich wiederholt gegangen war, nur mit Mühe und Überlegung fand. Ich kannte jede Ecke, jede Straßenwendung, ich sah sie aber nicht, mußte sie mit dem Stocke fühlen wie ein Blinder. Endlich an einer gezählten Ecke meiner Straße, Gower-Street, angelangt, wußte ich, daß mein Haus No. 101, das achte links war. Das Gaslicht war nicht zu sehen und ein Haus in der Straße glich dem andern. Im mittleren und östlichen London sieht häufig eine Straße aus, wie wenn nur

ein einziges langes Haus mit einer Anzahl von Thüren und
Straßen-Treppen auf jeder Straßenseite stünde. Ich wußte
nun, für solche Fälle die wievielte Treppe von der gewissen Ecke
an die Thüre meines Hauses führte und fühlte daher mit dem
Stocke jede der steinernen Treppen, bis ich an der achten angelangt war. Diese führte in meine Wohnung und mein
Schlüssel öffnete die Thüre. Ich war endlich zu Haus und
in Sicherheit und genoß das heitere Kaminfeuer nebst einem
kräftigen Grog in meinem Studierzimmer.

Eines Abends 8 Uhr, als ich von der Kriegsakademie meinen
gewohnten, tausendmal gegangenen Weg nach der Station
Woolwich über den immensen Exerzierplatz eingeschlagen, verlor
ich vollständig die Richtung, konnte mich nicht mehr orientieren.
Ich sah den Fußweg nicht mehr zu meinen Füßen, sah die
Hand kaum noch vor meinem Gesichte. So wanderte ich
langsam weiter, als auf einmal eine Gestalt aus dem Nebel
tauchte und an mich stieß. Das Unheimliche in einem dichten
Nebel ist, daß Entgegenkommende bis zum letzten Augenblick
nicht gesehen werden, bis sie vor einem stehen. Ich frug die
geisterhafte Erscheinung vor mir: „bin ich auch auf dem rechten
Wege nach Woolwich-Station?“ „Sie gehen ja gerade in
der entgegengesetzten Richtung,“ antwortete die Gestalt, und der
gute Mann brachte mich wieder in die rechte Richtung, die mich
mit Mühe und Aufmerksamkeit nach der Station brachte.

Den London Fog benutzen natürlich die zahlreichen Londoner Diebe und Dirnen. Die ersteren bemächtigen sich ohne
Gefahr der Uhren, Börsen und Taschenbücher, die letzteren,
im Bunde mit Louis, führen die Wanderer gefährliche Wege,
zu demselben Zwecke, zur Ausplünderung. Die beste Hilfe in
der Not findet besonders der Fremde bei der trefflichen Londoner Straßenpolizei, deren Mannschaft überall verteilt auf
der Wache steht und geht, mit großer Ortskenntnis ausge-

stattet, höflich, zuvorkommend, den Verlorenen von einem Posten zum andern weist bis in die Nähe seiner Wohnung.

Solchen, die keine Ortskenntnis haben, Fremden, Kranken, überhaupt jedem, den sein Beruf nicht notgedrungen auszugehen veranlaßt, ist bei einem dichten London Fog der beste Rat: „Bleib daheim".

Ich will schließlich noch zwei kleine Nebelabenteuer hier mitteilen, die nicht mir, aber zwei mir bekannten Landsleuten begegnet sind.

Ein deutscher Orientalist, der sich im Nebel nicht mehr orientieren konnte, ward in seiner Verwirrung von einer liebenswürdigen Dame angesprochen, die ihm ihren Arm reichte und ihn den rechten Weg zu führen anbot. Er war im Begriff, den Arm der so freundlichen Dame anzunehmen, als plötzlich ein Polizeimann aus dem Nebel hervortrat, ihn fragte, wohin er gehen wollte und ihm zu folgen ihn aufforderte. Die Dame verschwand hierauf rasch im Nebel. Der Polizeimann führte ihn zu einem andern Posten, der dortige wieder zu einem andern und so fort, bis ihn der letzte vor seine Wohnung brachte. Der gute Orientalist, der in London noch nicht lange gelebt hatte, erzählte im deutschen Athenäum Tags darauf vor anwesenden Landsleuten sein Nebelabenteuer, lobte die englische Polizei, bedauerte aber, die Dienste der so höflichen Dame, seines Schutzengels, nicht erhalten zu haben, worauf er von seinen mit dem Londoner Leben besser bekannten Landsleuten zu seinem Erstaunen gehörig ausgelacht wurde. Der Polizeimann, sagten sie, wäre sein zweifacher Schutzengel gewesen.

Das andere Abenteuer, das ich hier berichten will, ist aber nicht so leicht verlaufen als das vorhergehende des Orientalisten. Ein in London ansässiger, mit mir befreundeter badischer Landsmann, Pianist und Componist, fand sich einst sehr spät in der Nacht in einem der furchtbarsten London

Fogs. Er fand aber keinen rettenden Polizeiengel. Ganz verwirrt und aufgeregt wußte er sich nicht zu helfen. Da stand plötzlich ein anständig gekleideter Mann mit einer Dame vor ihm, sah ihn in seiner Verlegenheit, und nachdem er von ihm gehört, was und wer er war und wo er wohnte, sagte er ihm, daß er sehr fern von seiner Wohnung in entgegengesetzter Richtung geirrt wäre und bot ihm freundlich an, für die Nacht in seinem nahen Hause ein Schlafasyl annehmen zu wollen.

Mein Landsmann war überglücklich, nahm mit herzlichem Dank das gastfreundliche Anerbieten an und folgte dem Paare. Sie traten bald in ein Haus ein, führten den Gast erst in ein Empfangszimmer und nachdem sie ihm einen heißen Grog als Schlaftrank geboten, führte ihn der Herr in ein Schlaf-zimmer und wünschte ihm gute Nacht. Der Musiker schlief bald in Gemütsruhe ein, seine Retter segnend. Als er am andern Morgen erwachte, war der Nebel verschwunden und die Sonne schien glänzend durch das Fenster seines Schlaf-zimmers. Er stand auf und suchte seine Kleider, fand aber keine. Er suchte und suchte, aber vergebens. Es lagen nur seine Unterhosen und Socken auf dem Stuhle neben seinem Bette. In der Westentasche hatte er eine goldene Uhr, in der Hosentasche eine Börse mit Goldstücken, in der Seiten-tasche des Rockes ein Taschenbuch mit einer £ 5 Note. Hosen, Weste, Rock, Überzieher, Stiefel, Schirm, Hut — alle waren verschwunden. Er läutete und läutete wie verrückt, bis end-lich ein vierschrötiger, breitschultriger Kerl mit wilder Miene vor ihm erschien und ihn barsch frug, was er wollte. „Meine Hosen, Weste, Rock, meine Kleider will ich, wo sind sie?" — rief mein Freund in höchster Aufregung.

Da ergriff ihn hohnlachend der Kerl, schleppte ihn die Treppe hinab nach der Hausthüre, sandte ihn mit einem Fußtritte bis mitten in die Straße und schloß die Thüre.

Mein armer, musikalischer Freund erhob sich langsam und mit Schmerzen infolge des Trittes und stand da im großen weiten London in der Straße bei hellem Tageslichte und hatte nichts an als Hemd, Unterhosen und Socken. Was thun in dieser Lage? Umringt von jubelnden Straßenjungen, angelacht von Passanten wanderte er langsam davon. In seiner Verwirrung vergaß der Arme drei höchst wichtige Dinge, einmal die Nummer des Hauses und den Namen der Straße, und dann Umsehen nach einem Polizeimann und drittens sofortiges Aufsuchen der nächsten Polizeistation. Verwirrt, aufgeregt, verfolgt von Gassenbuben und dem Gelächter einer Masse Vorübergehender hielt er einen leeren, vorübertreibenden Fiaker an und es gelang ihm endlich mit Mühe, den Kutscher zu überreden gegen ein gutes Trinkgeld ihn nach einer von ihm bezeichneten, nahe gelegenen Adresse zu führen. Es war die meinige. Warum nicht die seinige? Er wohnte im fernen Kew, in der Umgebung von London und der Kutscher, der der Sache nicht recht zu trauen schien, wollte ihn nicht so weit fahren. So fuhr er bei mir vor, klopfte und läutete an der Hausthüre. Das Hausmädchen, das die Thüre öffnete, als es die Erscheinung sah, wollte die Thüre wieder rasch zuschlagen, er aber hielt sie fest und drang in den Hausgang. Sie rief um Hilfe und die Hausfrau rannte herbei und erschrak ebenfalls über die sonderbare Erscheinung. „Kennen Sie mich denn nicht, Mrs. Spafford? Ich bin ein Freund von Dr. S. Man hat mich meiner Kleider beraubt. Bitte, lassen Sie mich ums Himmelswillen ein." Meine Hausfrau, eine herzensgute, alte Frau, erkannte ihn wieder, schlug die Hände über dem Kopfe zusammen, „for God's sake, wie sehen Sie aus Mr. S.!" So rufend führte sie ihn in mein Studierzimmer und zahlte selbst die vom Kutscher verlangte extravagante Summe.

Als ich bald darauf nach Hause kam, liefen mir Hausmädchen und Hausfrau entgegen und letztere sagte zu mir: „Sie werden einen seltenen Besuch in Ihrem Studierzimmer vorfinden. Es ist ein Freund von Ihnen, sonst hätte ich ihn nicht eingelassen."

Als ich ins Zimmer trat, sah ich meinen musikalischen Freund in Unterhosen und Socken vom Sofa aufspringen und mir entgegen gehen. Mit düsterer Miene erzählte er mir, was ihm begegnet wäre. Ich begriff sofort die ganze Sache und war aufgelegt, ihn auszulachen, aber es wäre zu grausam gewesen. Ich lieh ihm von meinen Kleidern was ihm paßte und setzte ihn in den Stand, seine Wohnung in Kew aufzusuchen, wo die Hausleute seinetwegen in großer Unruhe gewesen.

Ich brauche kaum zu sagen, daß der gastfreundliche Mann ein Louis und seine Dame eine liederliche Dirne gewesen, daß sie ihn in ein sogenantes house of call, ein schlechtes Haus, geführt, wo einzelne Zimmer für kurze Zeit, für eine Nacht, für einige Stunden, vermietet werden. Die Hauswirte solcher Häuser sind in der Regel Spitzbuben. In obigem Falle war der Wirt mit dem Louis und dessen Dirne verbündet und da sie in meinem Freunde einen unpraktischen, der Stadt unkundigen Fremden sofort erkannt hatten, so wagten sie es, ihn vollständig auszurauben.

Niemals werde ich den Besuch in Unterhosen vergessen. Mein Freund komponierte selbst später darüber ein komisches Stück, betitelt: „Der Mann in Unterhosen".

Wenn man bedenkt, daß in der arronbierten Stadt London nahe an 6 Millionen Menschen wohnen, im Postbistrikt von etwa 24 englischen Meilen im Durchmesser etwa 12 Millionen, so muß man staunen über die nächtliche Stille. In vielen Vorstädten wohnt man wie auf dem Lande. Aber auch in vielen Straßen des Zentrums, insbesondere des West-

Zentrums, wo ich lange wohnte, schläft man ruhiger als in vielen kleinen deutschen Städten. Überhaupt bieten die Nächte in London einen guten Schlaf, wahrscheinlich infolge der durch die Ebbe und Flut bewirkten erfrischenden Abendwinde. Die Ebbe und Flut gehen auf der Themse durch die große Stadt und über sie weit hinaus. Dann aber tragen die Anlage der Straßen, die mäßige Höhe und verhältnismäßig geringe Anzahl der Bewohner der Häuser, das Zementpflaster, in vielen Straßen des W. C. die Gärten hinter den Häusern zur nächtlichen Stille bei.

So wenn ich, nach harter Tagesarbeit müde nach Hause kam, verbrachte ich noch manche stille Stunde im Studierzimmer und eine gute ruhige Nacht im hochgelegenen Schlafzimmer. Die Schlafzimmer liegen alle im höheren Teile der selten mehr als zwei- bis dreistöckigen Häuser und über die breiten, weichen, trefflichen englischen Betten, mit ihren Vorhängen, geht nichts in der Welt. Es sind die besten Betten. Zur Stille in den Straßen trägt übrigens auch die vortreffliche englische Polizei bei, die überall zu jeder Nachtzeit zu finden ist. Die Wirtshäuser müssen in der Woche um Mitternacht, an Sonntagen um 11 Uhr vor Mitternacht geleert und geschlossen werden. Lärm und Gesang auf den Straßen ist streng verboten. Einige deutsche Landsleute, frischangekommen, meinten einmal, sie könnten vom Wirtshause nachts nach Hause gehen, wie von der Kneipe ihrer kleinen deutschen Vaterstadt und begannen zu jodeln und zu singen und zu brüllen. Es dauerte aber nicht lange und sie wurden von der Polizei eingesponnen, brachten die Nacht in der Polizeistation zu und wurden den folgenden Morgen vom PolizeiMagistrate mit einer Warnung entlassen. Sie sangen und brüllten nachts nie wieder in den Straßen.

Die einzige unangenehme Erfahrung, die ich die langen

30 Jahre, die ich in London wohnte, im Hause gemacht habe,
war die Musik und zwar nicht nur bei Tag sondern auch
bei Nacht. Gegen den Lärm in den Häusern selbst hat die
Polizei nichts zu sagen. Sie kann sich da nur ins Mittel
legen mittelst richterlicher Entscheidung.

Ich hauste einmal in einer reizenden Wohnung auf
dem nach Hampstead aufsteigenden Hügel, von wo aus ich
eine Aussicht über die unermeßliche Stadt hatte und auf einer
Höhe auf deren entgegengesetzten Seite, den Kristallpalast in
der Morgen- und Abendsonne glänzen sah. Die Straße war
still wie auf dem Lande. Ich fühlte mich überaus glücklich
in dieser Wohnung. Mit einemmale begann aber in einem
der nebenan stehenden Häuser morgens um 7 Uhr in einem
an mein Schlafgemach stoßenden Zimmer ein Mädchen An-
fangsübungen auf dem Piano mit Tonleitererexzitien zu spielen,
zu einer Zeit, wo ich noch des Schlafes bedürftig war, da
ich selten vor ein Uhr oder halb zwei zu Bette kam. Es
dauerte nicht lange, so begann im Nachbarhause auf der andern
Seite in einem an mein Studierzimmer stoßenden Zimmer
ein italienischer Sänger, der in Londoner Musikhallen sich
hören ließ, sich in Trillern zu üben, zu einer Zeit, als ich
arbeiten wollte und sollte. Ich wohnte eine Treppe hoch in
meinem Hause. Die Wohnung unter mir bezog ein junger
englischer Anwalt. Sein Schlafzimmer war gerade unter
dem meinen. Der junge Anwalt litt an Schlaflosigkeit und
um sich die Langeweile zu vertreiben oder sich einzuschläfern,
spielte er mitten in der Nacht in seinem Bette die Flöte.
Jetzt rissen die Fäden meiner Geduld. Ich kündete meine
reizende Wohnung und floh mit Sack und Pack. In London
mietet man, wie ich schon mitgeteilt habe, möblierte Zimmer auf
die Woche mit wöchentlicher Kündigung. Dies war übrigens
meine einzige unangenehme Erfahrung der Art.

Besser halfen sich zwei deutsche Maler meiner Bekanntschaft. Sie hatten zusammen ein Atelier genommen in einer
Straße des West-Zentrums, in der damals fast in jedem Hause
Künstlerateliers waren. Während sie eines Tages an der
Arbeit waren, hörten sie auf einmal einen schottischen Dudelsack in einem Atelier nebenan im selben Hause von einem
schottischen Künstler bewohnt. Der schottische Dudelsack ist
das lauteste aller Instrumente. Er blies lang und oft auf
seinem Sacke, wahrscheinlich um künstlerische Ideen zu er-
wecken. Die deutschen Nachbarn ließen ihn höflichst ersuchen,
womöglich nicht während ihrer Arbeitsstunden zu blasen. Der
Schotte kümmerte sich aber nicht um die Bitte und fuhr fort
zu blasen. Da fielen die zwei Landsleute auf einen originellen
Gedanken. Das Schlafzimmer des Schotten war, wie alle
Schlafzimmer in Londoner Häusern, im höheren Stockwerke
und stieß an das ihre. Sie mieteten nun ein Piano und
stellten es in ihrem Schlafzimmer hart an die Wand, gerade
wo im andern Zimmer des Schotten Bett stand. Sie be-
sprachen sich darauf mit einer Anzahl musikalischer Freunde,
und ließen sich für kurze Zeit ein Bett in ihrem Atelier her-
richten. Nachts, als die Glocke 12 schlug, begann nun ein
deutscher Freund, nachdem er sich mit einem Grog gestärkt,
in das Schlafzimmer der beiden Maler zu steigen, spielte auf
dem Piano bis 1 Uhr und ging dann nach Hause. Um
2 Uhr kam ein anderer und spielte bis 3 Uhr und um 4
kam wieder einer, so daß die musikalischen Aufführungen bis
8 Uhr mit Unterbrechungen gegeben wurden. Die nächste
Nacht wiederholte sich das Experiment. Die dritte Nacht
ward die ganze Nacht ohne Unterbrechung gespielt. Da ward
der Schotte gebändigt. Er packte seine Sachen und verließ
das Haus auf Nimmerwiedersehn zur großen Freude nicht
nur der deutschen Maler, sondern auch des Mietsherrn.

# XI.

## Die Deutschen in England. — Die deutschen Exilierten.

Die Deutschen in England während des deutsch-dänischen
und deutsch-französischen Krieges. — Ein französisches unterseeisches Kabelschiff in der Themse. — Deutsches Vereinsleben
in London.

Die vorhergehende Skizze meines Lebens in England
beschränkte sich hauptsächlich auf eine trockene Beschreibung
meiner pädagogischen und litterarischen Wirksamkeit,
ohne in mein sonst so wechselvolles, bewegtes Leben näher
einzugehen, von welchem ich später einmal ein Bild zu entwerfen hoffe. Es dürfte aber doch hier am Platze sein, noch
einige Worte über die Wirksamkeit der deutschen Exilierten
im allgemeinen und über meine Thätigkeit im besondern, in
der deutschen Kolonie Londons beizufügen.

Mit wenigen Ausnahmen haben die deutschen Exilierten
in England, trotz politischer Verfolgungen, ein warmes Herz
für ihr Vaterland bewahrt. Es sind gerade die Verbannten
von 1848 und 1849, welche in England unter den Landsleuten zuerst das deutsche Bewußtsein weckten. Es war dies
besonders durch das großartige Schillerfest am 10. November
1859 im Kristall-Palast, wo sich die gesamte deutsche Kolonie
Londons — zum erstenmale, seitdem es Deutsche in London

giebt — in den riesigen Räumen vereinigt fand. Dieses Fest weckte unter den Deutschen Londons das Gefühl der Zusammengehörigkeit und rief eine große Anzahl deutscher Vereine ins Leben. Dieses Fest aber wurde von Verbannten vorgeschlagen, organisiert und geleitet. Gottfried Kinkel hielt die Festrede, Ferdinand Freiligrath dichtete die Festkantate, Karl Blind verfaßte eine englische biographische Skizze Schillers als Festschrift. Von der Heimat verjagt, erweckten die Exilierten zuerst unter den Deutschen Londons das Gefühl für die Heimat. Wie gewaltig sich dieses Gefühl von da an entwickelte und stärkte, zeigte sich zur Zeit des deutsch-dänischen und später des deutsch-französischen Krieges, wo wieder die Verbannten in der ersten Reihe der Patrioten standen und ihre Kräfte der Sache der sie verschmähenden Heimat widmeten.

Unsere deutschen Gesandtschaften, zahlreich wie sie ehemals waren, boten in früheren Zeiten nette, bequeme Posten für Herren der höhern Gesellschaftsklasse. Sie hatten eine angesehene und zugleich bequeme leichte Stellung inne, spielten in der fremden Gesellschaft eine Rolle, und um ihr Land oder Ländchen plagten sie sich nicht. In Paris amüsierten sie sich nach 1849 mit Verfolgung der Exilierten ihres Landes oder Ländchens. In kritischen Zeiten übten sie nicht den geringsten Einfluß auf die fremde Regierung, auf die Presse, auf die öffentliche Meinung aus. In Beziehungen zur Presse standen sie nicht, wohl aber die französische Gesandtschaft in London. Als in den 60ger Jahren die englische Presse und das englische Volk von dänischem und französischem Einflusse gegen Deutschland bearbeitet wurden, thaten die deutschen Gesandten gar nichts im Interesse ihres Landes. Die Gesandtschaft eines großen deutschen Staates entschloß sich endlich, etwas zu thun. Aber wie? Ein Herr der fraglichen Gesandtschaft besuchte ämlich den exilierten Karl Blind und ersuchte ihn im Namen des Gesandten, die englische Presse in deutschem Interesse zu bearbeiten. Karl Blind erwiederte dem Herrn, daß das, was er wünschte, schon seit einiger Zeit von ihm und seinen Freunden geschehen sei und auch fürder und zwar ohne die Gesandtschaft, geschehen würde. Ein ganz kleiner Verein Exilierter, genannt „Deutsche Einheit und Freiheit", zu dem auch ich gehörte, hat auf eigene Kosten englische Broschüren veröffentlicht, worunter besonders die folgende großen Einfluß übte: „They shall remain together"; An Outline of the State of Things in Schleswig-Holstein, by Karl Blind (1861). Diese Broschüre ward nicht verkauft, sondern in Masse verteilt an Kabinettsminister, Parlamentsmitglieder, die gesamte Presse und zahlreiche Männer von Einfluß. Sie machte großen Eindruck und trug nicht wenig dazu bei, im Kabinett eine Opposition gegen Lord Palmerstons Einmischungspläne hervorzurufen. Der alte Pam, wie er im Volke genannt wurde, wollte nämlich eine englische Flotte mit 40 000 Mann englischer Truppen als Hilfskorps nach Kopenhagen schicken, derselbe Minister, der 1812 Kopenhagen, wegen Dänemarks Allianz mit Napoleon, bombardieren ließ. Die wenigen deutschen exilierten Mitglieder des genannten Vereins, bezahlten die Druckkosten der Broschüren aus ihren eigenen nicht schwer belasteten Börsen. Obige Blindsche Schrift allein kostete einen jeden über 100 Mark für den Druck.

So wie beim dänischen Kriege, so auch beim deutsch-französischen 1870. Nicht die Gesandten, sondern einzelne Deutsche, darunter in erster Reihe Exilierte, vor allen wieder Karl Blind, traten in der Presse für Deutschland auf. Ich darf wohl hier erwähnen, daß ein Brief von mir an die Daily News über die Politik Napoleons von Gladstone in einer seiner Schriften erwähnt worden ist. Der Raum gestattet mir hier nicht, näher auszuführen, was einzelne Deutsche in jener Zeit gethan haben. Die Gesandten wußten fast nichts von allem was insgeheim vorging. Sie wurden stets von Landsleuten, die ihnen fremd waren, informiert. Wenn in Liverpool oder einem andern Hafen ein mit Waffen beladenes Schiff nach Frankreich abgehen sollte, ward dieses der preußischen Gesandtschaft von ihr unbekannten Deutschen berichtet und diese that erst dann Schritte, um mit Berufung auf die Neutralitätserklärung Englands den Abgang der Schiffe zu verhindern — was stets geschah.

Wenn ich von den Diensten, die einzelne Deutsche in England in jenen kritischen Tagen ihrem Vaterlande leisteten, nur im Allgemeinen sprach, so will ich doch einen Fall etwas eingehender berichten, da er für die Kriegsführung von großer Wichtigkeit gewesen ist. Vorher aber will ich nur noch eines Umstandes Erwähnung thun. Als bei Ausbruch des Krieges man in Deutschland die Beteiligung Viktor Emanuels zu Gunsten Napoleons mit Recht befürchtete, wandte man sich von Berlin nach London an einen deutschen exilierten Freund Mazzinis, um letzteren zu veranlassen, durch seinen Einfluß in Italien eine Stimmung für Deutschland gegen Napoleon hervorzurufen, indem man ihm, wo nötig, selbst Geldmittel und Waffen in Aussicht stellte. Mazzini bedurfte des Anerbietens nicht. Er arbeitete aus eigener Überzeugung gegen Viktor Emanuels Pläne mit Erfolg.

Im Dezember 1870 wurde ein deutscher Exilierter in London von einem ebenfalls exilierten Freunde benachrichtigt, daß — es war an einem Samstage — am darauffolgenden Mittwoch ein Schiff mit einem unterseeischen Telegraphenkabel aus der Themse abfahren sollte, dessen Zweck war, Dünnkirchen, Havre, Cherbourg, Brest und Bordeaux durch unterseeisches Kabel zu verbinden. Frankreich hatte von einer Londoner Gesellschaft unter dem Vorsitze von Sir Charles

Bright ein für Südamerika ursprünglich bestimmtes unterseeisches Kabel gekauft, um die französischen Städte im Kanal
mit der Westküste zu verbinden und so einen einheitlichen Kriegs-
plan zu ermöglichen zwischen der von den Deutschen teilweise
abgeschnittenen Nordarmee und den Heeren des Westens und
Südens. Der deutsche Exilierte, dem dieser wichtige Plan mitgeteilt worden war, veranlaßte einen Bekannten des damaligen
preußischen Gesandten, Graf Bernstorff, der keine Ahnung davon hatte, diesen mittels einer anonymen Auseinandersetzung
damit bekannt zu machen. Er sandte tags darauf noch einen
anonymen Brief an die Gesandtschaft mit bestimmten Details
über Ort und Zeit der Abfahrt des Kabelschiffes. Der preußische
Gesandte verlangte sofort Beschlagnahme des Schiffes mit Berufung auf die Neutralitätserklärung. Am Mittwoch morgens,
zwei bis drei Stunden vor der festgesetzten Abfahrt des Schiffes,
legte die englische Admiralität Beschlag auf das Schiff und
brannte den Pfeil, als Zeichen, darauf. Die Käufer, Agenten
der französischen Regierung, protestierten umsonst, die Sache
kam vor den Gerichtshof der Admiralität, wo sich die Verhandlungen bis in die zweite Hälfte des Januar 1871 hinauszogen,
eine Zeit, wo das Schiff Deutschland keinen Schaden mehr an-
richten konnte und der preußische Gesandte die Verfolgung
fallen ließ.

Es war ursprünglich bestimmt worden, daß das Kabelschiff von der Werfte der Kabelkompagnie Silver & Comp.
auf dem nördlichen Themseufer, erst mit englischer Flagge
auslaufen, und erst auf offener See die französische Flagge
aufhissen sollte. Da die französische Flotte zur See Deutschland gegenüber vollkommen Meister war, so konnte sie dann
nichts mehr in ihrem Plane stören.

Als der preußische Gesandte in London König Wilhelm
damals in Versailles von dem Plane benachrichtigte, tele-

graphierte Bismarck umgehend zurück, alles aufzubieten um
das Auslaufen des Schiffes zu verhindern. Das unterseeische
Kabel hätte Einheit in die Bewegungen der Nord-, West- und
Südarmee Frankreichs gebracht.

Diesen Dienst haben dem deutschen Heere deutsche Exilierte erwiesen, deren Namen aber absichtlich ein Geheimnis
geblieben ist.

Ich will hier noch mit wenig Worten übersichtlich an-
deuten, was die Deutschen in England während des Krieges
1870 zum Nutzen und Besten ihres Vaterlandes gethan haben.

Schon im September 1870 veranstaltete das Londoner
deutsche Athenäum eine Ausstellung geschenkter Gemälde und
Bilder zum Besten der Witwen und Waisen der gefallenen
deutschen Soldaten. Selbst einige königlich-englische Prinzes-
sinnen schenkten selbstverfertigte Bilder dazu. Es ward eine
Lotterie dafür veranstaltet und das Ergebnis war die Summe
von etwa £ 3 000, sechzigtausend Mark, die nach Berlin ge-
schickt wurden. Die Leiter der Ausstellung waren die deutschen
Maler Karl Haag, Joseph Wolf und Wilhelm
Kümpel.

Zu gleicher Zeit ward für die deutschen Verwundeten
eine Geldsammlung ins Leben gerufen, die über £ 60 000
Pfund Sterling (1 Million 200 000 Mark) einbrachte, nebst
einigen sympathisierenden Engländern nur von Deutschen
gezeichnet. Unter den Engländern ward eine besondere Summe
für Deutsche und Franzosen zugleich gesammelt.

Von der großen deutschen Turnhalle gingen wöchentlich
zweimal große Sendungen ab zum Besten der deutschen Soldaten. Die Kisten enthielten warme Unterkleider, Verband-
stücke, Aderpressen, Eismaschinen ec., ja selbst Massen von
Zigarren, die von Londoner Deutschen den Truppen zugeführt
wurden. Einer derselben, der zur Zeit populäre Sprecher

des Turnvereins, Winter, holte sich bei einer solchen Reise eine tötliche Krankheit und starb in Mainz im Dezember 1870.

Zu alledem errichteten die Deutschen in England auf eigene Kosten auf einer Anhöhe bei Bingen am Rhein ein eigenes Feldlazaret, dirigiert von dem deutschen Landsmann Dr. Thudichum, zur Zeit Professor am St. Thomashospital in London.

Dies ist aber noch lange nicht alles, was die patriotischen Deutschen in England zu jener Zeit gethan haben. Ich will die Anzahl der deutschen Männer, Frauen und Kinder in England und Schottland höher schätzen als sie wirklich beträgt, sagen wir auf 150 000, von denen der bei weitem größte Teil unbemittelte Arbeiter, Schneider, Schuster, Bäcker, Goldschmiede, Schreiner und andere Handwerker und Kellner sind. Ich möchte nur fragen, ob von einer gleichen deutschen Stadtbevölkerung, oder einer gleichen Zahl Deutscher in Deutschland von gleicher Klassenmischung, ebensoviel für die vaterländische Sache gethan worden ist, als von den Deutschen in England? Und an der Spitze der Deutschen, die sich in England um das Vaterland bemühten, stand eine Zahl deutscher Verbannten.

„O deutsches Land, wie deine Adler fliegen
Zu spätem Ruhm in Geist= und Schwertessiegen,
    Jauchzt auch dein Sohn dir aus der Fremde zu.

Wenn durch dein Volk ein großes Leiden zittert,
Wir fühlen's auch, wie's bang in uns gewittert,
    Denn unsre Lust und unser Weh bist du."

(Gottfried Kinkel.)

Auch auf dem Felde englischer Erziehung wirkten die Exilierten, und manche unter ihnen errangen sich als Schulmänner einflußreiche Stellungen und trugen in hohem Grade zur Verbreitung des Studiums der deutschen Sprache und Litteratur in England bei, das seitdem gewaltige Fortschritte gemacht hat.

An der Gründung und Entwicklung deutscher Vereine in England, deren einige mit der Zeit einen großen Aufschwung genommen haben, hatten ebenfalls deutsche Exilierte einen beträchtlichen Anteil, unter andern am jetzt so bedeutenden deutschen Turnvereine, an der früheren Londoner deutschen Gesellschaft für Wissenschaft, am deutschen Verein für Kunst und Wissenschaft in London. In der Londoner deutschen Gesellschaft für Wissenschaft, zu deren Gründern ich gehörte, waren eine Zeitlang der exilierte Professor Goldstücker erster und ich zweiter Vorsitzender. Ich habe später den Anschluß dieses Vereins an den letztgenannten veranlaßt. In der Gesellschaft für Wissenschaft hielt ich eine Vorlesung über die Todesstrafe, die einer Debatte unterworfen ward und im Jahr 1869, wie oben erwähnt, im Drucke erschien. Es ist aber besonders der jetzt blühende Verein für Kunst und Wissenschaft, auch deutsches Athenäum genannt, an dessen Organisation und Entwicklung ich keinen kleinen Anteil genommen habe. Da meine Beteiligung daran nebst einem administrativen, noch einen wissenschaftlichen Charakter trägt, so ist es wohl hier am Platze, auch noch meiner litterarischen Arbeiten in diesem Vereine mit einigen Worten zu gedenken. Als langjähriger erster Vorsitzender der wissenschaftlichen Abteilung dieses Vereins habe ich nebst dem Entwurf und der Abfassung der ersten und zweiten Auflage der Satzungen desselben und einer Reihe von Jahresberichten, eine ziemliche Anzahl von längeren Vorträgen im Vereine gehalten, teils litterar-historisch, teils historisch, von denen inzwischen einige im Drucke erschienen sind, u. a. die oben erwähnten: „Deutsche Stich- und Hiebworte.“

Von meinen Vorlesungen im Vereine dürften vielleicht folgende hier noch eine Stelle verdienen: Die frühesten germanischen Ansiedlungen in Britannien. — Deutsche Reisende in England im 16. Jahrhunderte. — Die englischen sozialen Gilden des Mittelalters. — Die Stellung der Ehefrau im Staate des Altertums (zwei Vorlesungen). — Deutsche Kriegsabenteurer in alten Zeiten. — Die Entwicklung der konstitutionellen Monarchie in England; eine historische Skizze mit Anknüpfung an die Gegenwart. — Excentrische und abenteuerliche Deutsche in England im 17. und 18. Jahrhunderte. In den obengenannten Jahresberichten von mir mögen noch zwei Nekrologe (1881) hier hervorgehoben werden, der eine vom Maler Wilhelm Kümpel aus Holstein, einer der Gründer und Beförderer des Vereins, ein Mann von großer Hingebung und lange politischer Gefangener und später Exilierter zur Zeit der dänischen Herrschaft; der andere von meinem lieben alten Freunde Arnold Ruge, Ehrenmitglied des Vereins. Nach meiner Rückkehr in die alte Heimat hat mich der Verein mit meiner Ernennung zu seinem Ehrenmitgliede und mit einem prachtvollen Album seiner Mitglieder erfreut.

# XII.

## Das Exil.

### Einfluß des Exils. — Ein Exilierter im Elend.

Ehe ich meine Skizze des Lebens eines Exilierten schließe, drängt es mich, noch einige Worte über das Exil, dessen Einfluß auf den Geist, den Charakter, das Gemüt, das Temperament des Exilierten zu sagen. Als einer, der diese harte Schicksalsprobe zu bestehen hatte, darf ich mir wohl hier erlauben, an die Spitze dieses Abschnittes ein von mir selbst verfaßtes bescheidenes Gedicht zu stellen, das aus meiner eigenen Stimmung entstanden ist. Ich habe es für einen der Kompositionsabende des Londoner deutschen Athenäums geschrieben. Es wurden zu meiner Zeit in diesem schönen deutschen Verein für die sog. Kompositionsabende von Künstlern Aufgaben gestellt, die von Malern, Bildhauern und wenn zulässig auch litterarisch und selbst musikalisch bearbeitet wurden. Obwohl ich nicht vom Ehrgeiz besessen war, ein Dichter sein zu wollen, haben mich doch diese Abende dermaßen angeregt, daß ich — nachdem ich in meinen reiferen Jahren nie Verse geschmiedet hatte — mich als alter Knabe noch ans Dichten wagte und nebst einer Zahl anderer Kompositionsaufgaben, die Aufgabe **Einsamkeit-Fremde** mit folgendem anspruchslosem Beitrage bearbeitete, für den ich einige der leitenden Gedanken den „Paroles d'un Croyant" von Lamennais entnommen habe, dessen Bearbeitung aber frei und unabhängig ist.

## Klage des Verbannten.

Schwermütig, einsam irrt er auf der Erbe,
Gesenkten Haupts durch fremder Völker Land,
In sich versunken rastet er am fremden Herde,
Verschlossen, unbegriffen und verkannt.
Des Fremblings Liebe niemand je begehrte,
Sein stilles Leiden niemand je verstand;
Einsam ist in Verbannung er verbannt.

Der Himmel glüht in Pracht, die Sonne sinkt;
Vom hohen Bergespfad blickt er hinab ins Thal,
Wo gastlich ihm ein rauchend Hüttlein winkt.
Am Herd sitzt der Familie volle Zahl,
Und süß ihr Abendsang zu ihm aufklingt.
Glückselig, wen im Freundes Kreis das Mahl ergötzt!
Die Thräne des Verbannten bittres Brot benetzt.

Wohin doch jene dunkeln Wetterwolken jagen?
Wohln sie vor dem wilden Sturme fliehn?
Auch ich, wie sie, bin von dem Sturm verschlagen,
Wie sie, flieh' ich auch, weiß ich es wohin?
S i e sind alleine nicht, können sich die Leiden klagen;
Wer aber fragte je wohin ich irrte?
Gleichviel wohin! Er zieht allein der Exilierte.

Wie herrlich sprießt und blüht die Pflanzenwelt empor,
Der Bäume üppig Laub, der Blumen Farbenglanz!
Doch mir ist fremd der Wald, der Auen bunter Flor,
Sind ja nicht Bäum', noch Blumen meines Heimatlands.
Sie lispeln mir nichts Trauliches ins Ohr,
Sie mir in unbekannten Sprachen flüstern, wehen,
Die des Verbannten Herz nicht kann verstehen.

Sanft rieselnd rinnt das Bächlein durch das Feld.
Wie oft hab' ich als Kind des Bächleins Sprach' belauscht!
Doch d i e s e s Murmeln wecket nicht die Märchenwelt
Der Kindheit auf, wo ich, von Lust und Freud' berauscht,
Dem Falter gleich, die süßesten der Blumen mir erwählt.

Mir lächeln nicht die Kinder der Natur,
Allein ist der Verbannte in Kammer, auf der Flur.

Mit Trauer und mit Freud das Lied beseelt,
Das dort im Hain begleitet die süße Nachtigall,
Welches der Hörer Busen mitempfindend schwellt.
Es find't in meinem Busen keinen Wiederhall,
Mein ödes, finstres Herz es nicht erhellt,
Es rührt nicht meine Trauer, meine Freud.
Freud? — Des Verbannten Los ist ungeteiltes Leid!

Was weinst du, Frembling? hört' ich oft mich fragen,
Und als mein Herz ich aufschloß, trauerte, weinte keiner,
Keiner verstand mein Leid, mein stilles Klagen.
Greise saßen in ihrer Kinder Mitte, großer, kleiner,
Wie Schößling' die Olive, sie ihn im Kranz umlagen, —
Kein Greis mich Sohn, kein Sohn mich Bruder nannte.
Einsam, freundlos, allein ist der Verbannte.

Ein Lächeln strahlte auf des Mädchens blühnden Wangen,
Rein wie die Brise von des Morgenwindes Schwingen;
Ihm galt es, dem ihr Herz sich hingab unbefangen.
An mir die Blicke keiner wärmend hingen,
Kein Blick, kein Lächeln meines Herzens Eis bezwangen;
Mit Mitleid nur sieht sie den düstern Frembling an.
Auf meinem öden Herzen auch lastet der Bann.

Ich sah wie Brust an Brust Jünglinge sich umschlangen,
Als wollten sie in eins verschmelzen beide Leben;
Schwüre von ew'ger Treu aus ihrem Busen drangen,
Für Leid und Freud, auf immer sie sich hingegeben,
Bis beide endlich eine kühle Ruhestätt' umfangen.
Keiner von ihnen aber preßte mir die Hand —
Ich bin geächtet ja, verflucht, verbannt.

Ich seh' fern über'm Meer ein Sterbebett; sie drücken
Auf seine bleichen Lippen den Abschiedskuß;
Mich sucht in Schmerz er mit betrübten Blicken:
„Ruh' sanft du Guter!" noch als Scheidegruß
Sie in das offne Grab mit Thränen schicken.
Trostlos, allein wein' ich in stillem Schmerzerguß.

Vom Sterbebette selbst verstoßen, vom Grabe selbst verbannt,
Irr' trostlos, mitleidslos ich fern vom Heimatland.

Armer Verbannter, höre auf dein Leid zu klagen.
Nur eine Nachtherberg ist diese Welt.
Ein jeder wird, wie du, vom Sturm verschlagen,
Nach langer oder kurzer Fahrt sein Schiff zerschellt;
Vom teuren Heimatlande ins Exil getragen
Ziehn alle, alle hin, geknickt, gefällt,
Alle, für die das Herz in Liebe brannte,
Gehen, vergehn, werden, wie du, Verbannte.

Meinem eigenen keinen poetischen Wert beanspruchenden
Stimmungsgedichte lasse ich hier noch zwei andere bessere von
meinem lieben Jugendfreund Franz Voll folgen, gedichtet
im Exile in Zürich, der nach Rückkehr in die alte Heimat, als
Arzt und Bürgermeister seiner Vaterstadt Offenburg im Jahre
1890 gestorben ist. Ich fand die beiden Gedichte in seiner hinter-
lassenen, bis jetzt noch nicht veröffentlichten Gedichtsammlung.

### Erinnerungsschmerz.

Mein Aug', wend' dich zurück vom Vaterlande!
Es ist das Land der Wehmut und der Thränen,
Wo offen noch die frischen Gräber gähnen
Von manchen Streitern, so ich lieb mir nannte.

Wo meine Freund' in schwerem Eisenbande
Sich bleich an feuchte Kerkerwand hinlehnen,
Weil einst ihr Mund in kühnem Freiheitsehnen
Dem Volk ein leckes Lied entgegensandte.

Zurück vom Lande, wo die jungen Bräute
Sich klagend auf die Sarkophage bücken,
Wenn des Geliebten mahnt ein Grabgeläute;
Wo ihren flücht'gen Sohn nach fernem Strande
Die Mutter grüßt, statt ihn ans Herz zu drücken!
Mein Aug' zurück von meinem Vaterlande!

## Grabrosen.

Bang flüstern durch des Friedhofs Trauerweiden
Mit Geisterwort die leisen Abendlüfte
Und um die Gräber ziehn der Rosen Düfte,
Die weinend pflegt der Rückgebliebenen Leiden.

Wie muß ich selbst die süßen Schmerzen 'neiden
Die traurig niederknien auf diese Grüfte:
Sie können ja noch über diese Todeslüfte
Der Liebe Rosen streun nach herbem Scheiden!

Mir aber ruht im fernen Heimatlande
Der Vater dort in unbekanntem Grabe,
In das die Sorg' ob mir so früh ihn sandte.
Verbannet kann ich seine Gruft nicht sehen,
Und irrend an dem ew'gen Wanderstabe,
Ach weiß ich nicht, ob Rosen darauf wehen!

---

„Es ist eine eigene Sache um das Heimweh" — sagt
Friedrich Gerstäcker — „und ein, dem vaterländischen Boden
entrissener Mensch ist fast wie ein aus der Erde, die ihn
erzeugte, genommener Baum. Er stirbt vielleicht nicht ab im
fremden Lande, — die Wurzeln schlagen wieder aus, aber
die feinen, zarten Teile derselben sind doch noch im alten
Bett zurückgeblieben — jene tausend kleinen unbedeutenden
Fasern wurden verletzt und getrennt, und wenn sie auch zu
dem Leben des Baumes nicht unbedingt erforderlich waren,
so thun sie ihm doch recht weh, und ihr Verlust schmerzt
noch lange nach". Die Wahrheit dieser Worte haben wohl
fast alle erfahren, welche sich bleibend in der Fremde niederließen. Verpflanzung in einen fremden Boden ist aber oft
noch sehr schwer von andern Gesichtspunkten als denen des
Gefühles. Es ist unendlich leichter in der Heimat auf den
schon vorbereiteten, gegangenen offenen Pfaden in aller Regel-
mäßigkeit und Ruhe vorwärts zu kommen, als in fremdem

Lande, inmitten fremder Sprache, Bildung, Sitte und An-
schauung, umringt oft von Vorurteil und Scheu dem Fremden gegenüber, sich selbst einen neuen Pfad zu öffnen, sich eine
Stellung in fremder Gesellschaft erkämpfen zu müssen. Gar
manche schon ließen erschöpft den Mut dabei sinken und unter
solchen ganz besonders politische Exilierte.

Was ist es denn aber, das dem höher gebildeten Verbannten Aufenthalt und Fortkommen in der Fremde schwerer
macht als einem andern, unter gewöhnlichen Umständen sich
selbst Expatriierenden? Der letztere sucht freiwillig und mit
leichtem Herzen sein Glück in der Fremde, der erstere läßt
das seine mit schwerem Herzen in der Heimat zurück. Der
eine sieht daher stets vorwärts, der andere rückwärts. Dem
einen ist das väterliche Haus stets offen, dem andern auf
immer verschlossen. Mit frischem Mut und hoffendem Herzen
ruft der eine den Seinen ein glücklich Wiedersehen zu. In
Eile, wie der Dieb in der Nacht eilt der andere über die
Grenze des Vaterlandes, ohne Abschied, ohne Hoffnung das,
was ihm teuer ist je wiederzusehen. Gehetzt von Ort zu Ort,
von Land zu Land, enttäuscht und verbittert, mit Verlust
von Beruf und Vermögen, auf immer getrennt von Familie
und Jugendfreunden, kommt der Exilierte im fremden Asyle
an. Unter der Last tausend bitterer Gefühle, sich verlassen
fühlend, von Schwermut übermannt, schwindet ihm so die
Energie des Geistes und Körpers so nötig, sich auf fremder
Erde einen neuen Wirkungskreis zu gründen. „L'exilé
partout est seul" sagt Lamennais in seinem wunderbar
schönen, wehmütigen aber wahren Wortgemälde, das er von
der Verbannung entwirft und das nur der verstehen kann,
welcher selbst das bittere Brot des Exils gegessen.

Unter solchen Eindrücken muß sich der Exilierte ungleich
schwerer in fremdem Lande akklimatisieren, sich einen neuen

Beruf schaffen als seine freiwillig ausgewanderten Landsleute derselben Klasse. Gar mancher sah sein Exil als einen Straf- ort an und anstatt mit Energie an den Beginn einer neuen Lebensbahn in einer neuen Heimat zu schreiten, dachte er stets an die verlorene in der alten Heimat. So brach mancher brave, hochbegabte Mann, welcher in dem Lande seiner Ge- burt unter glücklicheren Umständen zu hohen Ehren und Wür- den gelangt wäre, elend und verkümmert zusammen und sein gebrochenes Herz fand in der fremden Erde die Ruhe und den Frieden, die er auf ihr nicht finden konnte.

Die schlimmsten Zeiten waren zwar für die Flüchtlinge vorüber, als ich Ende 1853 nach England kam. Die große Mehrzahl derselben war schon über den atlantischen Ozean gewandert. Aber dennoch sind mir in London noch einige traurige Fälle von Elend vorgekommen, von denen ich hier nur einen anführen will.

Dr. med. Däumler war Militärarzt in einem preu- ßischen Husarenregiment gewesen. Er beteiligte sich an der politischen Bewegung von 1848/49 und mußte fliehen. Er praktizierte einige Jahre als Arzt unter Landsleuten in London und hatte eine Zeitlang, zur Zeit als ich ihn kennen lernte, eine erträgliche Praxis. Obwohl er gut geschult, gewandt, fleißig und aufmerksam war, verlor er allmählich seine Praxis infolge des nomadenhaften Lebens seiner Patienten, die alle dem höhern Arbeiter- und kleinen Kaufmannsstande ange- hörten. Zeit und Mittel fehlten ihm, um sich zu einem englischen medizinischen Examen vorzubereiten und — worauf jeder neue Arzt in London gefaßt sein muß — zu warten. So kam er nach und nach herunter. Eine geraume Zeit, — ich darf es hier wohl sagen — half ich ihm mit meinen bescheidenen Mitteln, sowie mit Kleidung. Infolge des Ver- kaufes des Hauses in dem ich eine Zeitlang wohnte, mußte

ich mir eine neue Wohnung suchen und da auch er, weil er
seine Miete nicht bezahlen konnte, gezwungen war, seine Wohnung zu verlassen und keine neue Adresse hinterließ, so verlor
ich ihn in der Millionenstadt aus den Augen, denn mein
verlassenes Haus stand lange geschlossen und unbewohnt.

Es verging so eine geraume Zeit und ich hörte trotz
Nachfragens und Nachforschungen nichts von Dr. Däumler.
Da meldete mir eines Abends spät das Hausmädchen einen
Besuch an und fragte mich, ob ich denselben empfangen wollte.
Der Mann, sagte sie, sehe sehr elend aus, und sein Anzug
wäre zersetzt und zerrissen. Er gab seinen Namen nicht an.
Ich hieß das Mädchen, ihn zu mir heraufzubringen. Bald
trat eine wahre Schreckensgestalt vor mich hin und sofort
erkannte ich den verlorenen Däumler. „Mein Gott, was ist
mit Ihnen geschehen?" rief ich entsetzt aus. „Seit Monaten"
— erwiederte er — „habe ich im Hyde Park, wohnungslos
geschlafen und mittels Bettelns mein Dasein gefristet. Oft
war ich daran, in den Parksee zu tauchen, wollte es aber
doch noch weiter probieren. Erst heute erfuhr ich Ihre Adresse.
Ich kam so spät, weil ich bei Tage mit meinem Bettleranzuge
Sie nicht besuchen mochte."

Ich gab dem Armen etwas Geld für Nahrung und
Wohnung für eine Woche und dazu einen vollständigen Anzug.
Er war von meiner Größe. Die alten Fetzen, die er mit-
nahm, wollte er, wie er sagte, in eine Straßenrinne werfen.
Ich bestellte ihn auf die folgende Woche.

Ich sah, daß der arme Mann in London, in England,
nicht mehr bleiben könnte und dachte, daß er in den Vereinigten Staaten, wo viele Landsleute wohnten, mehr Aussicht
hätte, eine erträgliche Praxis zu gewinnen. Er war besonders
ein guter Chirurg.

Sofort schrieb ich an den badischen Exilierten Thiebaut,

ehemals Bürgermeister von Ettlingen (Baden), damals Besitzer des Rheinischen Hofs in Liverpool. Ich frug bei ihm
an, nachdem ich Däumlers Lage ihm geschildert, ob er ihm
freie Überfahrt nach New-York verschaffen könnte. Zu gleicher
Zeit schrieb ich an meinen wohlthätigen Freund Dr. Eduard
Bronner, Arzt in Bradford, in Yorkshire und schilderte ihm
die Lage seines Kollegen. Ich sprach nebstdem mit Freunden
in London über den traurigen Fall. Als Däumler mich wieder
aufsuchte, teilte ich ihm meine Schritte mit, sagte ihm, daß
Thiebaut in Liverpool ihm eine Schiffsarztstelle für die Fahrt
nach New-York verschafft habe und ihn bis zur Abfahrt des
Dampfers in seinem Hotel unentgeltlich beherbergen würde.
Ich übergab ihm einen Koffer mit Kleidern aller Arten, mit
chirurgisch-geburtshilflichen Instrumenten, alle von Bronner
gespendet, und überreichte ihm eine Summe von nahe an
400 Mark, wozu den größeren Teil der biedere Bronner
beigetragen hatte.

Der arme Däumler war außer sich vor Freude. So
viel Geld, sagte er, hätte er schon lange nicht mehr besessen.
Nach herzlichem Lebewohl reiste er voller Hoffnung nach Liverpool, schrieb mir von da vor seiner Abreise, des Lobes voll
über den braven Thiebaut, schrieb mir noch einmal nach Ankunft in New-York. Von da an hörte ich nie wieder von
ihm noch über ihn. Ich erhielt nach seiner Abreise ein sehr
anerkennendes Zeugnis von seinem früheren Regimentskom-
mandanten in Preußen, um das er letztern ersucht hatte, und
das er an mich zu senden bat. Das Zeugnis ist sehr hoch
anzuschlagen, da ein preußischer höherer Offizier es einem
politischen Flüchtling erteilte, der von seinem Regiment deser-
tieren mußte. Ich besitze es noch, da ich nicht wußte, wohin
ich es senden sollte.

Ich fürchte, daß das schreckliche Leben, das der arme

Däumler die letzte Zeit in London geführt hatte, die Nächte in den kalten, feuchten Parks, die dürftige Nahrung, seine Gesundheit derart untergraben haben, daß er bald nach Ankunft in Amerika erkrankte und starb. Sein Vater, wie ich später von einem Landsmanne Däumlers hörte, suchte, wohl aus Gram über den Sohn, in der Elbe seinen Tod.

Es fanden sich aber unter den Verbannten auch nicht wenige Männer von festem Willen, von eichenfestem Herzen, welche mutig den Kampf des Lebens kämpften, als Sieger aus der Probe hervorgingen und in England mit der Zeit ehrenvolle und einflußreiche Stellung in der Presse, Medizin, Litteratur, im Lehrfach, im Gewerbe und Handel errangen. Eine Anzahl Exilierter arbeitete bald selbst im englischen Staatsdienste u. a. sieben Deutsche und Franzosen unter dem Rat für Kriegserziehung im Kriegsministerium, und der talentvolle, energische Gustav Bergenroth verfaßte, vom Master of the Rolls (Reichsarchivar) beauftragt, einen sog. Kalender von spanischen Staatspapieren des 16. Jahrhunderts, die mit englischer Geschichte in Verbindung stehen. Er starb mitten in seiner mühevollen Arbeit in Spanien, infolge zu angestrengten Studiums im Dienste Englands, im Februar 1869. Das Parlamentsmitglied W. C. Cartwright, ein bekannter englischer Schriftsteller, hat seinem Andenken eine sehr interessante Denkschrift gewidmet.

Auch ich hatte lang mit den entnervenden Gefühlen zu ringen, welche den Exilierten verfolgten und sich wie schwarze Wolken über ihn ausspannten. Ich ließ mich aber nicht überwältigen. Ich suchte und fand in unausgesetzter harter Arbeit das beste Abwehrmittel. Und so fuhr ich endlich nach Jahren von Sturm und Wetter in einen ruhigen Hafen ein. Ich fand in England einen bescheidenen, aber ehrenhaften Wirkungskreis. Es giebt dem Charakter nach internationale

Berufsfächer, mit denen es, mit Talent und Ausdauer, nicht schwer ist, auf fremdem Boden rasch und fest Wurzel zu fassen, wie die bildende Kunst, die Tonkunst, technische Fächer, Handel und Gewerbe. In Gelehrtenfächern aber sind die Schwierigkeiten der Akklimatisation ungleich größer und nur rastlose, unverdrossene jahrelange Arbeit und Ausdauer führen zu Erfolg. Meiner Adoptivheimat England bin ich von Herzen dankbar. Von Deutschland verbannt, von Frankreich verjagt, fand ich darin eine zweite Heimat, einen mich befriedigenden Beruf. Der Ernst des englischen Lebens, der die männlichen Gefühle weckt und stärkt, die Arbeit, die daselbst alle in Bewegung setzt, müssen auf einen gesund angelegten Menschen einen wohlthätigen Einfluß üben, haben auch mich verbessert, gestärkt, geläutert.

In meiner alten Heimat ist es inzwischen auch anders geworden. Die Einheitserstrebungen von 1848 und 1849 sind erreicht, die Kämpfe darum vergessen sowie die Kämpfer. Die Männer von 1848 und 1849 waren die Pioniere späterer Errungenschaften. Sie verloren Leben oder Heimat, Beruf, Vermögen, wurden über alle Welt zerstreut, wo sie mit deutscher Treue einem neuen Adoptivlande dienten. In fremder Erde schlummern schon viele. In ihrer alten Heimat sind sie vergessen oder Fremde geworden und der einzige Trost für ihre früheren Leiden und Opfer ist die teilweise Verwirklichung oder Anbahnung dessen, was sie erstrebt und wofür sie geduldet.

> Der Dienst der Freiheit ist ein schwerer Dienst,
> Er trägt nicht Gold, er trägt nicht Fürstengunst,
> Er bringt Verbannung, Hunger, Schmach und Tod; —
> Und doch ist dieser Dienst der höchste Dienst,
> Ihm haben unsre Väter sich geweiht,
> Ihm hab' auch ich mein Leben angelobt,
> Er hat mich viel gemühet, nie gereut.

(Uhland.)

# XIII

## Meine Heimkehr.

Im August 1883 zog ich wieder nach meiner alten Heimat zurück. Schon im Jahre 1861 ward in Baden die letzte bedingungslose Amnestie für die politischen Vergehen von 1849 verkündet worden. Meine Kontumazstrafe im Zuchthause ward mir damit erlassen, aber die an die Generalstaatskasse bezahlte Geldstrafe ward natürlich nicht wieder ersetzt. Gegen jeden, der sich an der badischen Bewegung im Jahre 1849 in höherer und verantwortlicher Stellung beteiligte und dafür verurteilt wurde, ward, nebst Zuchthausstrafe, noch Vermögensstrafe dekretiert. Jeder einzelne Verurteilte ward in eine Strafe von etwa drei Millionen Gulden verurteilt, die Gesamtkriegskosten. Auf das Urteil hin legte man Beschlag auf die Vermögen der Verurteilten und die Generalstaatskasse nahm alles, was ihr in die Hände fiel, Geld, Haus und Gut, welche letztere versteigert werden mußten. Da meines Wissens in Baden es kein Recht der Konfiskation gab, so schuf man sich ein solches Recht durch Verurteilung eines jeden in die Gesamtkriegskosten. So lange mein guter Vater noch lebte, konnte man das mir anerfallene mütterliche Vermögen nicht wegnehmen, da er das Recht der Nutznießung besaß. Man ernannte daher mir einen gerichtlichen Vormund für die Verwaltung meines

Vermögens, so lange mein Vater lebte. Als er aber im Jahre 1855 starb, legte man sofort auch auf mein väterliches Erbteil Beschlag und machte sich daran, dieses sowohl als das mütterliche einzuziehen. Inzwischen aber hatten sich schon etwas weniger rachegierige Einflüsse geltend und die wilde Verfolgungswut der ersten Jahre hatte einer milderen Stimmung Platz gemacht. Als man daher nach meines Vaters Tode mein anerfallenes Vermögen mit Beschlag belegte, so wandte sich mein Bruder an meinen guten alten Freund, Gustav Rée, Ex-Bürgermeister von Offenburg, Hofgerichtsadvokat in Bruchsal, der meine Sache mit Energie und Talent in die Hand nahm. Mein Bruder beanspruchte — in meinem Interesse natürlich — mein Vermögen, man benützte dazu noch mein 1855 erworbenes englisches Staatsbürgerrecht, das zu jener Zeit einen englischen Bürger nicht berechtigte, Liegenschaften und Haus in Baden zu besitzen und Freund Rée gelang es, den Prozeß so lange als möglich hinauszuziehen, sogar einige Jahre, bis die Ansichten des Hofgerichts, das überhaupt gegen alle Verurteilten milder gestimmt war, die Generalstaatskasse bewogen gegen Zahlung einer Summe von etwa 7000 Gulden von meiner Seite, von weiteren Ansprüchen abzustehen. Die langjährigen Prozeßkosten kamen natürlich auf meine Rechnung. Eine Rechnungsablegung über die von der Generalstaatskasse in den 50ger Jahren eingesackten Summen wurde meines Wissens dem badischen Landtage niemals vorgelegt, überhaupt niemals veröffentlicht.

Ich habe mich in das Vorgehen der Generalstaatskasse hier etwas näher eingelassen, um einiges Licht auf jene dunkeln Zeiten zu werfen. Nebst Verlust der Heimat, der Berufsbahn, dem Elende und den Verhetzungen im Exile, hatte ich noch einen nahe an zehn Jahre dauernden Vermögensprozeß mit der Generalstaatskasse zu bestehen.

Erbittert wie ich war, hielten mich diese ewigen Verfolgungen dennoch nicht ab, nach der letzten Amnestie die Heimat zu besuchen. Im Jahre 1861, nach einem 13jährigen Exile, besuchte ich sie zum erstenmale wieder und ich wiederholte meine Besuche fast alljährlich, so lange ich in England lebte. Mein erster war ein höchst schmerzlicher, denn was mir auf Erden am teuersten gewesen, hatte inzwischen Ruhe im Grabe gefunden. Meine ersten Besuche fanden auf dem Friedhofe statt. Obwohl meine alten Freunde in der Heimat mir mit der alten Liebe zugethan geblieben, so war die allgemeine Stimmung infolge der unerbittlichen Reaktion in den 50ger Jahren, damals noch sehr gedrückt und mancher Ängstliche behandelte mich, den Verbrecher von 1847/48/49 anfangs mit ängstlicher Scheu. Ich gestehe, ich atmete damals wieder frei auf, als ich wieder auf englischem Boden angekommen war. Infolge einer neuen freiheitlichen Entwicklung in den 60ger Jahren unter einer liberalen Regierung und einem freisinnigen Regenten, nahmen allmählich die Verhältnisse einen mir sympathischeren Charakter an und wie vordem die Beamten des Staates die Stützen einer finstern Reaktion gewesen, so wurden sie allmählich die Verfechter einer freiheitlichen Entwicklung des Staates und meine ferneren, häufigen Besuche boten mir bald eine freudige Erholung. Ich genoß allmählich wieder meinen Aufenthalt unter dem väterlichen Dache im Umgang mit meinem mir mit Leib und Seele anhängigen Bruder, dessen Besuch 1858 in London, inmitten meiner härtesten Prüfungszeit, meinem oft verzweifelnden Herzen wohl gethan, es gestärkt hat. Ich besuchte regelmäßig einige alte liebe Jugendfreunde, die alles aufboten, mir die Heimat so anziehend als möglich zu machen, Professor Kußmaul in Freiburg, später in Straßburg, die Freunde Dr. Karl und Dr. Franz Mittermaier in Heidelberg, wo mich noch einige Wochen vor seinem

Tode der ehrwürdige Greis und große Jurist Mittermaier herzlichst empfing. So kehrte ich erfrischt und freudigen Mutes stets wieder nach London an die Arbeit zurück.

Obwohl ich der alten Heimat stets mit warmer Liebe zugethan geblieben, so hätte ich meine Adoptivheimat wohl schwerlich bleibend verlassen und meine Berufsthätigkeit so frühzeitig aufgegeben, wenn mich nicht ein heftiger Anfall von rheumatischer Gicht und der Rat mir befreundeter Ärzte dazu veranlaßt hätte. Infolge meiner vieljährigen Wirksamkeit in England ist mir dieses kein fremdes Land mehr gewesen, bin ich allmählich mit den Sitten, Gebräuchen, Ansichten, dem gesamten Volksleben so innig vertraut geworden, habe ich mich so sehr hineingelebt wie ein Eingeborner. Habe ich doch dreißig meiner besten Lebensjahre da gelebt, gestrebt und gearbeitet und lag doch das Feld meines Lebensberufes dort. Ich entschloß mich daher mit schwerem Herzen, meinen Beruf aufzugeben. Ich war seit Jahren so sehr an ein thätiges Leben gewohnt, daß mir ein träges, ohne vorgeschriebene Berufsthätigkeit, bald fast ganz unerträglich ward und gar oft, ja in den jüngsten Tagen noch, sehnte ich mich wieder zurück nach meinem alten Wirkungskreis in London.

Die ersten neun Jahre nach meiner Heimkehr lebte ich in meiner alten Universitätsstadt Heidelberg, zog aber 1892 von da vorübergehend nach dem Sitze meiner andern Alma Mater, Freiburg, um mir von da aus ein Heim, das erste und letzte in meinem Wanderleben, in meiner alten Vaterstadt Offenburg herzurichten, das ich im Sommer 1894 bezogen habe, die letzte Lebensstation meiner Pilgerfahrt. In Heidelberg und Freiburg wurde bald nach meiner Rückkehr von England von Seiten von Professoren bei mir, vorerst privatim, angefragt, ob ich bereit wäre, mich für englische Sprache und Litteratur an der Universität zu habilitieren.

Ich konnte mich aber in meinem vorgerückten Alter nicht entschließen, eine neue Berufsbahn einzuschlagen. Da ich aber,
nach einer früher so regen Thätigkeit mich an das sogenannte
Privatisieren gar nicht gewöhnen konnte, auch keinen geringen
Grad von Arbeitstrieb noch in mir fühlte, so suchte ich durch eine
Reihe anspruchsloser deutscher Schriften, die seitdem im Drucke
erschienen sind, denselben so viel als möglich zu befriedigen.
Dabei war die einzige Triebfeder, wo möglich, wenn auch
mit bescheidenen Kräften, Nutzen zu schaffen und insbesondere
meine Kenntnis englischer Verhältnisse zu verwerten. Eine Liste
solcher deutschen Arbeiten folgt als Anhang.

In der alten Heimat war man allmählich in der Beurteilung von 1848/49 und der an den Bewegungen jener Jahre
Beteiligten billiger geworden und ich hoffe, es wird mir nicht
falsch ausgelegt werden, wenn ich hier als einen gewiß ein-
schlagenden Beweis dieser meiner Ansicht anführe, daß der
jetzige, hochherzige, urdeutsche Großherzog Friedrich von Baden
mich auf seinen eigenen Antrieb, ohne irgend welche Schritte
von meiner Seite, kennen zu lernen wünschte. Ich gestehe,
daß mich seine, durch seinen Vorstand des Geheimen Kabinetts,
Freiherrn von Ungern-Sternberg gesandte Einladung zu einer
Audienz in sehr große Verlegenheit setzte. Zögernd fand ich
mich an dem bestimmten Morgen in Karlsruhe ein. Zu
meiner freudigen Beruhigung und Überraschung ward ich vom
Großherzog, der sich 1849 flüchtete, aufs Liebenswürdigste
empfangen. Von den politischen Ereignissen jener Zeiten war
während der halben Stunde, die ich in seiner Gesellschaft
verlebt, natürlich keine Rede. Ich führe den Wunsch des
Fürsten als einen Zug an, der ihn besonders ehren sollte, da
ich in keiner Weise vorher irgend welchen Schritt der Ver-
leugnung meiner früheren politischen Thätigkeit, weder münd-
lich noch schriftlich gethan hatte.

Wenn man 35 lange Jahre in der Fremde gelebt, so muß man, trotz der wärmsten Liebe zur alten Heimat, eine geraume Zeit wenigstens, bis zu einem gewissen Grade sich daselbst fremd fühlen. Während der vielen Jahre, die ich in England gelebt, mich mit englischem Leben, den Institutionen, der Litteratur des Landes vertraut gemacht, mußte mir, trotz fleißiger deutscher Lektüre, doch gar vieles in Deutschland fremd bleiben, in der Litteratur nicht nur, sondern auch in der Entwicklung des Lebens, Strebens und Denkens, der Ansichten des Volkes. Und so war es keineswegs infolge von Mangel an Patriotismus, wenn ich, nach Rückkehr in die alte Heimat, mir selber zuweilen als Fremder vorkam und manchmal anders dachte und fühlte als meine lieben alten Freunde, die daheim geblieben waren. Und trotz alledem fühlte und fühle ich deutscher als manche meiner Landsleute in Deutschland, wenn ich auch zuweilen englisch dachte oder denke. So kam es, daß oberflächliche Beurteiler meiner Person in der Heimat mir das Unrecht anthaten, mich für einen undeutschen Anglomanen zu halten, während ich mehr im Rechte zu sein glaube, wenn ich einer großen Anzahl gebildeter Deutschen Anglophobie vorwerfe, da sie in vielen Fällen ihr Urteil über England auf ganz mangelhafte Kenntnis von Land und Leuten gründen. War denn der alte Jean Paul Richter auch ein Anglomane als er folgendes schrieb?: „Nicht die feurigen, sondern die lichten Völker überwinden zuletzt und dauern am längsten aus . . . . . Einsichten durch alle Klassen verbreitet, wie z. B. im britischen Staate, wirken in allen Verhältnissen und nach allen Richtungen hin und begaben mit einer festern Ausdauer langwieriger Lasten, als alles flüchtige Feuer des Eifers. Kraft und Freiheit des Denkens sind die Sonnenstrahlen das Staates." Ich wünsche nur, daß alle Deutsche in Deutschland so gute Deutsche seien als die meisten der heutigen Deutschen in England. Dort würden selbst sehr indifferente Deutsche allmählich deutsch-national gesinnt und oft habe ich gedacht, daß, wenn man nur alle kühlen, indifferenten Deutschen auf einige Zeit nach England verpflanzen könnte, sie alle als bessere Deutsche nach Hause zurückkehren würden. Ich wünsche nur, daß alle Deutschen so gute Deutsche sein möchten als ich. Mein deutscher Patriotismus schließt aber meine Anhänglichkeit an England nicht aus. Aus Deutschland verbannt, aus Frankreich vertrieben, bot mir wie so vielen Tausenden vor mir, England ein Asyl und ein Feld der Wirksamkeit. Und dafür bin ich dem Lande dankbar. „Der Undank" — sagt Goethe — „ist immer eine Art Schwäche. Ich habe nie gesehen, daß tüchtige Menschen undankbar gewesen." Der starke Nationalgeist der Engländer aller Stände und Klassen, der trotz aller, selbst heftiger politischer Parteifragen, stets den ersten Platz einnimmt, dient jedem nationalschwachen Fremden als Beispiel, erweckt in ihm die Liebe zum eigenen Volke. Ich selbst bedurfte indes einer solchen Schule nicht. Es war gerade mein überfließender Patriotismus, der mich dazu getrieben hat, Leben, Freiheit, Vermögen, Heimat aufs Spiel zu setzen.

Ich habe, ich bedaure es sagen zu müssen, in der alten Heimat hie und da eine herabsetzende Beurteilung meiner Stellung und Thätigkeit in England erfahren. Es drängt mich daher, hier an dieser Stelle über diesen Punkt einige Bemerkungen zu machen. Ich bin stets ein prinzipieller Gegner jeder Art von Titel gewesen und wenn es von mir abhinge, so würden nicht nur die zahlreichen Spezies von „Räten", sondern auch die nichtssagenden Titel „Professor" und „Doktor" abgeschafft werden. Da ich nun aber in meiner so titelreichen Heimat nach meiner Heimkehr, durch Angabe meiner Amts- und Universitätstitel meine Stellung in der

Gesellschaftszunft, der ich angehöre, zu bezeichnen genötigt war, so ist es wohl begreiflich, daß ich den mir von dem englischen Kriegsministerium in Verbindung mit meinem Amte in der königlichen Kriegsakademie verliehenen Titel „Professor" auch in der Heimat führte.

Wenn ich Bürger eines deutschen Staates wäre, so hätte ich allerdings der Bestätigung meines fremden Titels von meiner deutschen Regierung bedurft, die mir eine solche nicht verweigert hätte. Nun aber bin ich seit 40 Jahren bis heute englischer Staatsbürger, lebe als pensionierter englischer Staatsbeamter in der Heimat und es ist in der That komisch, daß man in meinem lieben Ländchen Baden, dessen Bevölkerungszahl der einer Vorstadt Londons gleichkommt und wo schon blutjunge Gymnasiallehrer den Titel „Professor" führen, bei mehr als einer Gelegenheit mein Anrecht auf diesen Titel bezweifeln, ja mir absprechen wollte, der in einem Reiche, mit den Kolonien und Indien, von über 300 Millionen Geltung hat. Im englischen Indien allein beträgt die Bevölkerung nach dem Census von 1891 — 287 Millionen.

In dieser Beziehung haben meine deutschen Landsleute vom Gelehrtenstand noch manches von unseren Nachbarn, den Franzosen zu lernen. Diese freuen sich, wenn Landsleute von ihnen im Auslande mit Anerkennung von Seite des letzteren wirken und arbeiten. Die „Société des Professeurs Français" in London erfreut sich in Frankreich von Seiten der Université de France unbedingter Würdigung, hervorragende Mitglieder dieser Gesellschaft erhalten Ehrentitel von ihr, und ihre englischen Stellungen sind von ihr anerkannt. In England genießt diese französische Gesellschaft den Schutz und die Unterstützung der französischen Botschaft, die bei deren Versammlungen und Festlichkeiten stets vertreten ist. Infolge dessen erfreut sich diese Gesellschaft in England eines großen

Ansehens und sie wurde schon wiederholt von den Lordmayors von London zu besonders ihr veranstalteten Banketten eingeladen.

Vergleicht man nun mit dieser französischen Gesellschaft einen deutschen Verein, der dieselben Zwecke verfolgt, den „Verein deutscher Lehrer in England" so kommt man zu der traurigen Überzeugung, daß das Nationalgefühl der Deutschen noch tief unter dem der Franzosen steht. Um genannten deutschen Verein kümmerte sich die deutsche Botschaft gar nicht. Was sind derselben deutsche Lehrer? Sie fühlte sich zu hoch und erhaben über ihnen. Der Verein bestand eine Reihe von Jahren, hatte sein eigenes Lokal, seine Mitglieder gaben sich alle Mühe, ihn zu erhalten und zu vergrößern, er war einige Zeit das Heim deutscher Lehrer, die England besuchten, um die Sprache des Landes zu lernen. Aber in England, selbst in der pädagogischen Welt, kannte man den Verein kaum und ich weiß nicht, ob er noch existiert, oder an Schwäche zu Grund gegangen ist.

So wie die deutsche Botschaft die Bemühungen deutscher Lehrer in England nicht würdigte, so die Deutschen in der Heimat. Während die Franzosen in Frankreich die Bemühungen ihrer Landsleute um die Hebung und Verbreitung des Studiums der französischen Sprache und Litteratur in England freudig anerkennen und befördern, ignoriert man in Deutschland entweder gänzlich ähnliche Bemühungen deutscher Lehrer, das Studium der deutschen Sprache und Litteratur daselbst zu fördern, oder man behandelt sie mit Zunfthochmut und setzt sie herab.

Ich habe mich in diesen Gegenstand zögernd und sehr ungern eingelassen, nicht meiner selbst willen, denn mich berührt die Frage gar nicht und es ist mir absolut gleichgültig, wie man mich abschätzt, sondern um eine deutsche Schwäche zu kennzeichnen. Die Sache ist kleinlich und verrät einen kleinlichen Geist. Hoffentlich wird mit wachsendem politischen

Fernblick man in Deutschland einsehen lernen, daß seine Söhne in der Fremde sozusagen litterarische Vorposten sind, welche dem Einfluß des Vaterlandes mehr nützen können, als man sich zu Hause vorstellt. Es leben und lebten in England, nebst einer Anzahl tüchtiger Lehrer der deutschen Sprache und Litteratur u. a. Gottfried Kinkel, Prof. Dr. Fr. Althaus, Prof. Dr. A. Buchheim und Dr. Eugen Oswald, noch eine Reihe hervorragender deutscher Repräsentanten verschiedener anderer Zweige der Wissenschaften, unvergleichlich mehr und höherer Qualität als die französischen, die jeder deutschen Universität Ehre machen würden, die die Anerkennung ihrer Landsleute daheim ebensogut verdienen als sie die der englischen gelehrten Gesellschaft erlangt haben. Ich erinnere hier nur an den eminenten Gelehrten, Professor Max Müller in Oxford, an den verstorbenen großen Orientalisten, Professor Theodor Goldstücker, im Londoner University College. Ich könnte eine ganze Reihe bedeutender in England lebender deutscher Gelehrter aufführen, deren Namen, mit Ausnahme Max Müllers, man in Deutschland nicht einmal kennt.

Sollte der alte Jean Paul Richter heute noch recht haben, der vor langer Zeit schrieb?: „Der Franzose liebt seine Volksbrüder feurig, wo er sie finde." — „Noch hat uns das Unglück nicht so viel Vaterlandsliebe gegeben, als das Glück den Franzosen davon gelassen, ja zugelegt." — „Wir sollten uns gegen die Franzosen mit nichts so sehr wehren als mit ihren Vorzügen, sobaß wir bei uns als einheimische aufpflanzten ihr vaterländisches Ehrgefühl und ihren schnellen Entschluß."

Nach meiner Rückkehr entschloß ich mich, keinen thätigen Anteil an Parteipolitik zu nehmen. Einmal sind mir, infolge sehr langer Abwesenheit, deutsches Parteiwesen und Parteizwecke und Ziele fremd geblieben. Die Parteiziele richten sich nach der politischen Lage der Zeit und sie müssen daher notwendigerweise verschieden sein von denen meiner Partei in 1848/49. Dann, ich gestehe es offen, schreckte mich die Partei=Intoleranz ab, die sich selbst auf das gesellschaftliche Leben erstreckt. „Wer nicht denkt und glaubt wie ich, der ist mein Feind, mein Gegner", ist ein Wahlspruch, dem ich nicht huldige. In diesem Punkte bekenne ich Anglomane zu sein. In England ist die politische Ansicht Privatsache des Individuums, die keinen andern angeht. Was der einzelne glaubt, denkt, erstrebt, das ist sein Recht. Man bekämpft sich bei Versammlungen, auf der Rednerbühne aufs energischste, ist aber trotz alledem im Privatleben gut Freund und berührt auf neutralem Boden nie politische Streitfragen. Dies gilt als gute Art und Sitte unter Gentlemen. Der radikale englische Minister Sir William Harcourt war ehedem der entschiedenste politische Gegner und dabei der intimste Privatfreund des Führers der konservativen Partei, Lord Beaconsfield. „Die Toleranz" — sagte Lord Lyttleton in einer Parlamentsrede — „ist die Basis des allgemeinen sozialen Friedens. Sie ist ein der persönlichen Meinung zuerkanntes Staatsgrundgesetz der Freiheit, wertvoller als die Gesetzesurkunde, die unsere Person und unsern Besitz sichert". Ich wünschte oft, daß man in Deutschland auf diesem Standpunkt der Toleranz angelangt sein möchte. Diese Zeit wird wohl auch in Deutschland anbrechen, wenn unser Volk seine politische Schule durchgemacht haben wird. Die Neigung zur Hyperkritik, die Unduldsamkeit gegen andere Ansichten wird mit der Zeit schwinden, dabei aber die Gründlichkeit des deutschen Volkscharakters keinen Schaden leiden. Unter den heute noch obwaltenden Verhältnissen aber zog ich vor, nachdem ich nach langem Exile in die Heimat zurückgekehrt, mit Freunden und Bekannten verschiedener Parteien in Frieden und Eintracht meine Ruhetage zu verleben, fern von allem

Parteihaber, und dazu, sollte ich denken, bin ich wohl berechtigt in meinem hohen Alter, nach einem Leben von Kampf und Opfer, für meine Ansichten.

Es giebt wohl kein Land auf unserem Himmelskörper, das so viele sog. politische Parteien aufzuweisen hat als Teutschland. Es sitzen deren über ein Dutzend im Reichstage. Die Zerrissenheit deutscher Parteiverhältnisse bietet ein trauriges Bild Deutschlands und erinnert an frühere jämmerliche Zeiten. Die meisten dieser Parteien verfolgen keine allgemeinen politischen Ziele, keine politischen Prinzipien, sondern nur Parteizwecke und Wünsche, wofür der Reichstag gar nicht da ist. Ans allgemeine Beste denken die meisten der Parteien nicht, sie gedenken einander nicht das Gute, aber das Böse. Schon im Jahre 1809 sagt Jean Paul Richter: „Wie wenige denken an deutsche Freiheit! Es ist ihr Reden fast immer nur ... Parteihaß ... Unser Kampf ist ein Kampf des Eigennutzes ..., ihn beherrscht kein Gemeingeist. Ans Vaterland denkt man wenig ... so zerschellen wir in Einzelheiten."

Als ich in Frankreich und England lebte, hörte ich oft die Frage an mich stellen: „Ist der Deutsche ein Politiker? Ist er nicht zu sehr Detailist, dem politische Fern- und Übersicht, politischer Takt abgehen?" Es war dies die Ansicht nicht nur von intelligenten Franzosen und Engländern, sondern auch von ungarischen und italienischen Exilierten. Lord Palmerston sprach sie einmal zur Zeit der dänischen Verwickelungen im offenen Parlamente aus als die Ansicht Metternichs. Vor dem Jahre 1870 hieß es, wenn man in Frankreich und England Deutschland charakterisieren wollte, stets: Frankreich beherrscht und regiert das Land, England ist Herrin auf der See und Deutschlands Herrschergebiet liegt — in den Wolken. Nach 1870 fing allerdings das Ausland die Teutschen anders zu beurteilen an. Aber dies Urteil hielt nicht lange an und man kommt daselbst allmählig auf die alte Ansicht zurück. Schon vor 400 Jahren sagte der alte Geiler von Kaisersberg von seinen Landsleuten der damaligen Zeit: „Die Franzosen sind wizig (klug) vor der Sach'; die Welschen in der Sach'; die Diutschen nach der Sach'." Sollte der alte Geiler heute noch recht haben?

Was einem unparteiischen Beobachter auffallen muß, ist die Abwesenheit eines scharf und klar definierten Programms bei fast allen politischen Parteien. Sie opponieren, negieren, machen selten allgemein nützliche Vorschläge, was sie erstreben, das sagen sie nicht, ausgenommen die Sozialdemokraten. Frägt man ein Mitglied einer der verschiedenen Parteien, welches allgemeine politische Ziel sich seine Partei vorgesteckt, so erhält man keinen klaren Aufschluß — so weiß es oft gar nichts zu sagen.

Ebenso seltsam als die deutschen Parteien und Partei- verhältnisse sind die deutschen Partei-Allianzen. Da bilden Parteien Wahlbündnisse miteinander, deren eine, wenn sie ans Ruder käme, die anderen Verbündeten vernichten würde. Ein vorherrschender Ultramontanismus würde mit dem kirchen- feindlichen Sozialismus einen kurzen Prozeß machen und um- gekehrt, der letztere mit dem erstern. Solche unnatürliche Bünd- nisse sind rein deutsches Gewächs. In keinem Land der zivili- sirten Welt findet man solche Brüderschaften unter feindlichen Brüdern, sieht man strengkirchliche, freisinnige, ungläubige Parteien sich zu gemeinschaftlichen Parteizwecken verbinden. Es ist aber nicht zu leugnen, ja sehr zu bedauern, daß in politischer Beziehung solche unpolitischen Wahlallianzen, demoralisierend wirken, politische Charakterlosigkeit großziehen. „Die wahre Politik" — sagt Kant — „kann keinen Schritt thun, ohne vorher der Moral gehuldigt zu haben."

Eine ganz eigenartige deutsche politische Partei ist

die ultramontane. Eine Religionspartei die Politik treibt. Eine ähnliche Partei tritt in keinem Lande als politische Partei auf, ausgenommen im überwiegend protestantischen Deutschen Reiche, und da ist sie die mächtigste Partei im Reichstage! In Spanien, Italien, Frankreich giebt es keine ultramontane, politische Partei und doch hat die katholische Kirche in den beiden letztgenannten Ländern an Macht und Recht sehr viel eingebüßt. Im größtenteils katholischen Irland frägt man nie nach der Religion des Kandidaten für das britische Parlament. Der verstorbene, langjährige Führer der irischen Partei im Parlament, Parnell, war Protestant.

Ich habe mich oft gefragt, was ist das politische Ziel der ultramontanen Partei? Ist sie für oder gegen die heutige deutsche Einheit? Wie wenn sich im Deutschen Reiche eine ähnlich konstituierte, religiös-politische Partei, eine protestantische bildete? Dann hätten wir wieder die jämmerlichen Zustände, wie sie vor, während und nach dem 30jährigen Kriege in Deutschland existierten. Was würde dann aus Deutschland werden? Vom striktreligiösen Standpunkt kann die ultramontane Partei weder ein protestantisches Kaiserhaus als bleibende Spitze anerkennen, noch ein Bündnis mit dem jetzigen Königreich Italien. Konsequenterweise müßte sie die heutige, einheitliche Organisation Deutschlands verwerfen.

Die ultramontane Partei spielt übrigens nach meiner Meinung ein für die katholische Religion gefährliches Spiel. Sie zieht die Religion herab in die Arena politischen Parteikampfes, sie erniedrigt ihre Priester zu politischen Agitatoren und gefährdet dadurch ihre hohe Priesterwürde, die über dem politischen Parteigezänke erhaben sein sollte. Glauben und Politik vertragen sich nicht. „Das allerschlimmste Unheil, das der Religion angethan werden kann" — sagte Lord Lyttleton

im britischen Parlamente — „ist, sie zu Parteizwecken
zu mißbrauchen. Himmel und Hölle bieten keinen größeren
Widerspruch als der wohlwollende Geist des Evangeliums
und der feindselige Geist der Partei." Dies verstanden die
Gründer der anglikanischen Kirche vor 300 Jahren schon, die
ihren Priestern verbot und noch heute verbietet, politische Rollen
zu spielen. Kein anglikanischer Geistlicher ist für das House
of Commons wählbar. Für die anglikanische Kirche giebt
es mehrere sog. Houses of Convocation für kirchliche Fragen,
worin auch die niedere Geistlichkeit vertreten ist. In der Provinz von Canterbury, unter ihrem Erzbischof, bildet die Convocation zwei Häuser; der Erzbischof und die Bischöfe sitzen
im Oberhaus, die niedrigere Geistlichkeit in dem Unterhause.
In der Provinz York sitzen alle in einem Hause.

Während aber die deutsche ultramontane Partei politische
Propaganda macht und bei Wahlen, selbst mit ihren ge-
schworenen Feinden, den Sozialisten, sich verbindet, verliert sie
Tausende von ihren Söhnen aus der Arbeiterklasse, die dem
grassen Materialismus verfallen, der leider in unsern Tagen
unter Ungebildeten sowohl als Gebildeten, gewaltig um sich
gegriffen hat. Hier läge wohl ein schöneres, ergiebigeres Feld
für die Thätigkeit der ultramontanen Partei als das politische
Schlachtfeld. Besser als politische Agitation wäre eine solche
gegen die heutige um sich greifende Verwilderung.

Die deutsche ultramontane Partei hat ohne Zweifel, nebst
der sozialdemokratischen, die beste Parteidisziplin, was ihr ihren
bisherigen Erfolg gesichert hat. Hervorragendes Talent ist
allerdings in ihren Reihen nicht zu finden. Aber das ultramontane Heer folgt gehorsam den Befehlen seiner Führer.
Um was es sich handelt frägt der gemeine Soldat nicht, das
ist nicht seine Sache. Aber wessen Befehlen folgen die Führer?
Wer und wo ist der Generalissimus?

Eine andere auffallende Erscheinung im politischen Leben Deutschlands ist die bittere Feindschaft zwischen den liberalen Parteien: der nationalliberalen, der deutschfrei- sinnigen und der demokratischen. Eigentlich sollten diese sich am nächsten verwandten Parteien sich nicht be- feinden, sondern wo es möglich ist, in ihnen annehmbaren Fragen, zusammengehen. Anstatt dessen aber verbünden sie sich gegen einander mit ihnen feindlichen Parteien, nicht bedenkend, daß solche Gegner, denen sie zum Siege verhelfen, ihnen, den Deutschfreisinnigen und Demokraten sowohl als den National- liberalen, den Garaus machen würden, wenn sie ans Ruder kämen. Die ernsten Folgen dieser unnatürlichen und unpo- litischen Allianzen werden sich mit der Zeit einstellen.

Wenn die deutschfreisinnige Partei ein offenes, klares Programm verkündete und dabei, wie die radikalen Parteien in Frankreich, nicht nur freiheitliche, sondern auch nationale und einheitliche Entwicklung Ganz-Deutschlands, nationale Stärkung gegen äußere Feinde des Gesamtvaterlandes, kurz einen nationalen Wahlspruch auf ihre Flagge schriebe, könnte sie nicht nur mit der nationalliberalen in vielen Fällen ein Bündnis schließen, ja sie würde selbst viele Mitglieder letzterer Partei an sich ziehen. Mit festen, präzis und klar bezeichneten Zwecken, frei von allen unnatürlichen Allianzen und Elementen, nur auf eigenen Füßen stehend und arbeitend, würde die deutschfreisinnige Partei unendlich gewinnen, mit der Zeit erstarken, an Einfluß und Mitgliederzahl zunehmen. Sie würde nur aus Kämpfern bestehen, die zu ihr geschworen, sie würde ihre Kraft kennen. Sie müßte eine national- freisinnige Partei im wahren Sinne des Wortes werden und einen einflußreichen, geachteten, erfolgreichen Wirkungskreis entfalten. Einer solchen Partei gehörte die Zukunft.

Einen großen nachteiligen Einfluß auf die unnatürlichen Wahlbündnisse, hat meines Erachtens die Frankreich entlehnte Stichwahl. Das praktische englische Volk, das schon seit zwei Jahrhunderten eine parlamentarische Regierung besitzt, sowie die englischen, von Lokal-Parlamenten regierten Kolonien, kennen die Stichwahl nicht, wollen nichts davon wissen. Eine einzige Stimme mehr verleiht einer Partei den Sieg. Infolge dessen gab es bis vor Kurzem in England nur zwei Parteien, die sich gegenseitig in der Regierung ablösten, eine liberale und konservative. In Fragen von Wichtigkeit für das Reich, besonders in auswärtiger Politik, gingen beide Parteien meistens stets zusammen. Trotz der Erscheinung einer radikalen Partei in neuester Zeit, besteht der Dualismus immer noch fort, da sich ein Teil der alten liberalen Partei, unter dem Namen der Unionisten für gewisse Fragen, der konservativen Partei angeschlossen hat, so daß die Gladstonianer und die Radikalen zusammen die zweite Partei bilden. Die irische Partei ist keine politisch-parlamentarische Partei, sie ist eine Separatistenpartei, die jedesmal mit der politischen Partei geht, die ihre Forderungen begünstigt.

In England habe ich, als englischer Staatsbürger, bei Parlamentswahlen stets für den liberalen Kandidaten gestimmt, lange Zeit mittels offener Abstimmung, später mittels geheimen Wahlzettels. Nach Heimkehr habe ich mich gefragt: „Würde ich, wenn ich das Wahlrecht besäße, bei einer unnatürlichen, unpolitischen Wahlallianz der Partei, der ich mich angeschlossen, mit einer andern, deren Prinzipien mit den meinen nicht harmonieren oder ihnen sogar schnurstracks zuwider laufen, einem Kandidaten, der mit der meinigen zur Wahl alliierten Partei meine Stimme geben?" Da erwachte in mir der alte 48ger und ich erwiederte: positiv niemals. Nie würde ich für eine Partei stimmen, für deren Grundsätze ich nicht

einstehen kann. So zog ich vor, um nicht gegen meine Grundsätze zu handeln, mein englisches Staatsbürgerrecht, das ich
seit 40 Jahren besitze, fürder zu behalten und das mir 1849
widerrechtlich von staatswegen gekündigte badische Bürgerrecht
nicht wieder zu erwerben zu suchen.

So lebe ich in meiner alten Heimat, in der ehemaligen
alten Reichsstadt Offenburg, in der schon vor dreihundert
Jahren Ahnen von mir wohnten, als Bürger eines fremden
Landes, aber trotz alledem als ein guter Deutscher.

Es wird heutzutage oft behauptet, daß die Bewegungen
von 1848/49 in Baden republikanischen Charakters gewesen
seien, und aus diesem Grunde hätten aussichtslos verlaufen
müssen. Diese Ansicht ist teilweise unrichtig. Im Jahre 1848
war der leitende Gedanke der politischen Bewegung das alte Ziel
der Burschenschaft der 20ger und 30ger Jahre — Deutsche
Einheit mit Freiheit. Erst als die deutschen Dynastien,
wie vordem in den 30ger Jahren, das Streben nach deutscher
Einheit als Hochverrat betrachteten und bestraften, als sie die
im Frankfurter Parlamente erstrebte Einheit zu lähmen, zu
vernichten strebten, erst dann erwachte der republikanische Gedanke in Deutschland, und man begann sich zu sagen, wenn
eine Einigung des Vaterlandes mit den Dynastien nicht möglich wäre, so sei sie es ohne dieselben. Es kann aber nicht
geleugnet werden, daß die Dynastien 1848/49 nicht national-
deutsch gewesen, denn, wie gesagt, jedwede Einheitsbestrebung
wurde von ihnen als Verbrechen bestraft. Erst als 1870
die Franzosen wieder, wie schon oft vorher, an den Grenzen
erschienen, da dachte man wieder in Deutschland, da dachten
auch die Dynastien an deutsche Einheit und es geschah mit
ihrer Mitwirkung, was man im Jahre 1848 gegen ihren
Willen erstrebt hatte. „Das Jahr 1848" — sagte einmal
Bismarck — „bereitete 1870/71 vor." Friedrich Hecker hat

gesagt, daß 1848/49 den Dung geliefert habe für die Saat,
die 1870/71 aufsproßte.

In seiner Anrede an die Deputation von Reichstags-
abgeordneten, die Bismarck am 25. März 1895 in Friedrichs-
ruhe zu seinem 80. Geburtstage Glück zu wünschen gekommen
waren, sagte Bismarck u. a.:

„Die Demokratie meinte in bester Absicht 1848
diese (nämlich die deutschen Dynastien) ignorieren und darüber
zur Tagesordnung übergehen zu können. Dies war ein Irr-
tum." Auf diese Worte wiederhole ich meine obige Behauptung, daß die Dynastien damals von deutscher Einheit nichts
wissen wollten, daß sie nicht national-deutsch gewesen seien.
Das ganze Deutschland schmachtete damals noch unter den
Folgen der Leitung des Metternichschen Bundestages. Moritz
Carriere schrieb zu Neujahr 1895 (Deutsche Revue. Januar
1895), kurz vor seinem Tode folgendes: „1848 stand der
Jugend die endliche Einigung Deutschlands, das gemeinsame
Vaterland oben an; mancher glaubte, sie sei nur auf dem
Wege der Republik zu erreichen und wünschte darum eine
solche. ‚Wir würden jeden Gedanken an Monarchie aus-
rotten, wenn sie sich der Einheit feindlich erwiese', — so
schrieb damals ein junger Mann, welcher Minister wurde und
die Einigung mitbegründen half."

Auch der enthusiastischste Mitkämpfer von 1848/49 wird
nicht leugnen, daß damals große Fehler begangen wurden,
oft planlos gehandelt worden ist, daß sich der Bewegung —
wie es zu solchen Zeiten stets und überall zu geschehen pflegt
— unlautere Elemente angeschlossen haben um aus derselben
ihren Vorteil zu ziehen. Erst bei längerer Dauer hätte eine
Läuterung, eine Ausscheidung solcher Elemente stattfinden
können.

Aber trotz der vielen Fehler, die während der revolutio-

nären Bewegungen 1848/49 in Deutschland begangen worden sein mögen, muß Unparteilichkeit und Gerechtigkeit anerkennen, daß damals zum erstenmale in deutscher Geschichte
ein allgemeines politisch-einiges Gesamt-Deutschland erstrebt
worden ist. Was Deutschland 1870/71 errungen, das ward
1848 erstrebt: Einheit und Freiheit. Ich will damit
die wohlmeinenden, pflichteifrigen und aufopferungsfähigen
Führer der deutschen Bewegungen nicht verurteilen, wenn ich
hier beifüge, daß es damals in Deutschland an genialen Lei-
tern gefehlt hat. „Keine Volksmenge wurde durch sich selber
groß und frei, oder weise" — sagt Jean Paul Richter —
„sondern stets durch große, freie, weise Chorführer. Stellet
die Sonne hin, so gehen die Planeten von selber."

\* \* \*

So lebe ich, nach sturmbewegter Lebensfahrt in meiner
alten Heimat, in meinem urgroßväterlichen Hause, um, wenn
das Zeichen zum Appell ertönt, im Schoße heimatlicher Erde
zu ruhen.

Ich schließe diese Skizze mit einigen Worten, die mir
mein alter Universitätsfreund J. V. v. Scheffel auf seinem
Bilde gewidmet hat, das er mir am Ende 1884, nicht lange
vor seinem Tode zum Andenken gegeben.

> „Heil dem Mann, der Leib und Not
> Durch Arbeit überwindet
> Und nach der Fremde hartem Brot,
> Die Heimat wieder findet."

Offenburg 1895.

Karl Heinrich Schaible.

# XIV

# Übersichtlicher Anhang.

## Diplome Karl Heinrich Schaibles.

Doctor Medicinae et Chirurgiae, von der Universität Basel.

Doctor Philosophiae et Artium Liberalium Magister, von der Universität Tübingen.

Licentiate of the College of Preceptors.

Fellow of the College of the Preceptors.

Korrespondierendes Mitglied der k. k. Gesellschaft der Ärzte zu Wien.

Ehrenmitglied der Pollichia, Gesellschaft der Naturforscher der Rheinpfalz.

Korrespondierendes Mitglied des Vereins badischer Ärzte zur Förderung der Staatsarzneikunde.

Korrespondierendes Mitglied des Vereins deutscher Ärzte und Naturforscher in Paris.

Ehrenmitglied und Meister des freien deutschen Hochstiftes in Frankfurt.

## Bisherige öffentliche Stellungen Schaibles in England.

Examinator in der Universität London.

Professor in der Royal Military Academy.

Mitglied des obersten Rates des College of Preceptors.

Examinator in Naturgeſchichte, Phyſiologie und Deutſch im College of Preceptors.

Examinator in Phyſiologie, Naturgeſchichte, Deutſch im Präli= minar=Examen für das Royal College of Surgeons of England.

Examinator in deutſcher Litteratur und Sprache in der Uni= verſität von Neu=Seeland.

Examinator in modernen Sprachen im Royal Medical Col= lege in Epsom (1860—77).

Mitglied des ſog. Board of Directors des London Inter= national College (1860—74).

———

# XV.

## Englische Schriften K. H. Schaibles.

Exercises in the Art of Thinking. London. Aylott & Son. 1860.

Theory and Practice of Teaching Modern Languages in Schools. London. Trübner & Co. 1863.

First Help in Accidents. London. Hardwicke. 1864.

Life of Mittermaier (In Capital Punishment by M. Moir.) London. Smith & Elder. 1865.

Relation of the Natural Sciences to the Totality of the Sciences. (Helmholtz) London. Hodgson & Son. 1869.

The State and Education. London. Edward Stanford. 1870. 2nd ed. Hodgson. 1884.

The Systematic Training of the Body. London. Trübner & Co. 1878.

Seeing and Thinking. London. Swan-Sonnenschein. 1883.

## Deutsche Schriften K. H. Schaibles.

Croup und Tracheotomie. Inauguraldissertation. Basel. Krüsi. 1853.

Gesundheitsdienst im Krieg und Frieden. Wien. Braumüller. 1868.

Todes- und Freiheitsstrafe. Berlin. Julius Springer. 1869.

Selbsthilfe auf dem Schlachtfelde. London. Trübner & Co. 1870.

Deutsche Stich- und Hiebworte. Straßburg. K. J. Trübner. 1879. 2. Auflage. 1885.

Der Salzbund. 1882. London. Aug. Siegle.

Englische Sprachschnitzer, von O'Clarus Hiebslac (Anagramm von Carolus Schaible). Straßburg. Trübner. 1884. 2. Auflage 1885. 3. Auflage 1886.

Geschichte der Deutschen in England. Straßburg. K. Trübner. 1885.

Scherz und Ernst. Poesie und Prosa. Stuttgart. Bonz & Comp. 1888.

Shakespeare der Autor seiner Dramen. Heidelberg. C. Winter. 1889.

Die Juden in England. Ein kulturhistorisches Bild. Karlsruhe. Braun. 1890.

Deutschland vor hundert Jahren. Karlsruhe. Braun. 1892.

Erinnerungen an Dr. Hermann Müller-Strübing. London. A. Siegle. 1894.

Die höhere Frauenbildung in Großbritannien. Karlsruhe. G. Braun. 1894.

### Biographische Skizzen von:

Dr. Eduard Bronner, im Jahre 1849 Mitglied der konstituierenden Versammlung in Karlsruhe. 1886.

Professor Karl Damm, Direktor der Realschule in Karlsruhe, im Jahre 1849 Präsident der konstituierenden Versammlung in Karlsruhe. Publiziert in „Badische Biographien" von Großherzoglichem Archivdirektor Dr. von Weech. 1891.

# XVI.

Verfaßt zur Erinnerung an 1870 für den Kompositionsabend
im deutschen Athenäum in London am 22. März 1880
von
### Karl Heinrich Schaible.

## Deutschland.

### I.

Hehr steht sie wieder in Europas Rate da! —
Die einst erniedriget, in Staub getreten,
Riß ihre Sklavenkett' entzwei, stand wieder auf, Germania! —
Es träumen ferne in tiefen, kühlen Betten
Ihrer Kinder Tausende den langen Traum,
Die starben ihr zur Wehr,
Sich selbst zu Ruhm und Ehr,
Weit an der Mosel und der Seine Saum.
Erstaunet fragen sich die Schwestern: —
„Ist Cinderella dies von gestern?"
Mit majestätisch stolzem Schritte,
Mit strengem aber güt'gem Blick
Tritt sie in ihre Mitte,
Sie weichen alle scheu zurück: —
„Ist dies die Träumerin,
Die stets in hohen Wolken schwebte,
Der unsre Zeit wie nicht vorhanden schien,
Die stets nur in der Zukunft lebte?"
Wohl nach der Zukunft ist gewandt ihr Streben!
Wer will der Zukunft Schöpfer werden,

Muß für sie träumen, in ihr leben.
Wer nichts als Gegenwart gewollt auf Erben,
Ist Schöpfer nicht der Gegenwart geworden:
Dem sind verschlossen der Schöpfungswerkstätt Pforten.

### II.

Seht hin! Die höllischen Dämonen
Des Aberglaubens und der Lüge,
Die gen sie fochten in dem letzten Kriege,
Die in der Burg gefallner Engel thronen,
Nachdem verkrochen sie sich vor Germanias Schwert,
Sind abermals zum Streit zurückgekehrt!
Weh dir, Germania, wenn sie dich zwingen!
Die Jahr' von Schmach und Elend werden sie dir wieder bringen,
Die sie dir seit Jahrhunderten gebracht: —
Blutend unter den Streichen fremder Söldner Wut,
Kein Glück noch Recht, keine Ehr noch Macht,
Alles, was du errungen und geschaffen mit Schweiß und Blut,
Zernichtet wird von dieser Brut der Hölle:
Germania fällt — wird wieder Cinderelle!
Weh euch! die ihre Ketten halfen schmieden,
Euch selbst sind sie zunächst beschieden!
Euch selbst habt ihr mit ihr getroffen:
Freiheit im Denken, im Gewissen,
Des freien Menschen edelst Hoffen
Habt aus dem Busen ihr gerissen!

### III.

Germania, nein, sie wird nicht wieder fallen!
Ihr Blick ist ruhig auf die Zukunft hingewandt,
Die ihr gehört. Wenn die Trompeten schallen,
Sobald der Ruf durch ihre Gau'n gesandt,
Die Söhne all sich um die Mutter scharen. —
Solange sie nicht an sich selbst geglaubt,
Mußte sie beugen stets vorm Feind das Haupt;
Glaubend an sich, besiegt sie all Gefahren.
Solang sie selbst sich treu geblieben,
Konnt' kein Eroberer die Ferse auf sie setzen;

Nie sank sie unter fremden Siegers Hieben,
Als wenn sie selbst half sich verletzen.
So wie das Licht die Finsterniß besiegt,
Wird sie auch siegreich in dem Kampfe bleiben;
Wie vor der Sonne Strahl der schwarze Nebel fliegt,
Wird Lüg' und Aberglaub' sie in die Hölle treiben.
Was sie geträumt, als wahr sich einst erweist,
Für was sie kämpft, wird noch errungen,
Wahr wird noch, was mit hehrem Sehergeist
Ihrer Barden edelster gesungen: —
Auf Erden Völker nur von Brüdern wohnen,
„Umschlungen sind die Millionen!"

## IV.

Der Wahrheit goldne Sonne
Erfüllt die Menschheit nun mit Wonne,
Wo vormals Haß, sitzt Liebe auf dem Thron,
Statt Knechtschaft herrschet reine Freiheit,
Die Geistesnacht wich vor der Bildung Hohn,
Die Lüg' floh in die Höll' vor Wahrheit,
Es vergraben die Völker ihre Waffen,
In Pflüge werden Schwerter umgeschaffen;
Der Geist der Völkerandacht künft'ger Zeit,
Der die Erd' von Höll' erlöst und sie zum Himmel weiht,
Ist der Menschheit Geist, vom Kreuz befreit!